ベリーズ文庫

極上御曹司は契約妻が愛おしくてたまらない

紅カオル

STARTS
スターツ出版株式会社

目次

極上御曹司は契約妻が愛おしくてたまらない

出会いは突然、最悪に

　空が淡いピンクとブルーに染まる黄昏時《たそがれ》。

　倉沢陽奈子《くらさわひなこ》は次から次へとデジカメを構えては、美しい景色をバックに微笑みを浮かべる人たちの写真を撮っていた。

　年間を通して温暖な気候のここマルタ島はイタリアの南側、地中海の中央にある。

　世界遺産でもある首都バレッタは島の中東部に位置し、その北側、湾の対岸に位置するスリーマからは、はちみつ色と形容される城壁に囲まれた街がよく見渡せた。絶好の撮影スポットとして有名なため、とくに美しさを増す夕刻には多くの観光客で賑わう。

《私たちもお願いしていいですか？》

　四月中旬のすがすがしい風を頬に感じる中、ヨーロッパ系やアフリカ系の外国人に続々と英語で尋ねられ、《もちろんです》と応じては順番に撮影していく。

　陽奈子自身も観光でこの地にやって来たのだが、ひと組のカップルに応じて写真を撮った後から自然と列ができ始め、なぜかカメラマンと化した。

あれっ？　また増えた？　撮っても撮っても、列が減らない。

最後尾をチラッと見て目を丸くしたものの、ニコニコと笑顔でお願いされてつい安請け合い。

急がないと、どんどん暗くなり自分の撮りたい写真が撮れなくなってしまう。

そう思う一方で、笑顔を浮かべながら《どうもありがとう》と感謝され、《どういたしまして》と笑い返した。

二十五歳にして初めての海外。それもひとり旅。

仕事の都合で思わぬ長期休みが取れた陽奈子は、大学時代から憧れていたマルタ島へ思いきってやって来た。

たしかあれは、テレビの情報番組で地中海を特集したものだった。美しい街並みに目の覚めるような海の青。一瞬で陽奈子を虜にした。

日本を発つときに心を占めていた不安は、着陸直前に飛行機から見えた島の美しさにみるみるうちに小さくなり、降り立った瞬間にいっぺんに吹き飛んだ。

海外旅行がもたらす高揚感の仕業なのか、わくわくする気持ちを抑えきれない。

マルタ島はどこもかしこも美しい景色にあふれているが、スリーマから眺めるバレッタの街並みは格別。飽きもせず二日連続で通っている。

マルタ島中心部にある旧都市のイムディーナを巡ってきた今日も、その景色目あてでやって来たところ、いつの間にか記念撮影の助っ人となっていた。いろんな国の人たちとのひとときの会話も海外旅行ならでは。英会話は得意なほうで、それほど苦にはならない。

どれくらいカメラマンをやっていただろうか。撮影の列をようやく消化したところで、ホッと息をつく。改めて要塞都市のような街を見て、今度は感嘆のため息を漏らした。

本当にきれい……。

陽奈子がそう思った直後、湾から少し強めの風が吹きつける。

「あっ……！」

日差しを避けるためにかぶっていたつば広の帽子がふわりと浮いたかと思ったら、その風に乗って飛ばされてしまった。

待って！

長い髪を風にあおられながら帽子を追いかける。

つかまえようと手を出してくれた数人の人たちの間をすり抜けてふわりふわり。しばらく自由に舞った後、石畳の上に着地したそれを長身の男性が拾い上げた。

《すみません。ありがとうご……》

顔を上げながら英語でお礼を言おうとした陽奈子は、途中で言葉を止めざるを得なかった。口は半開き。まばたきをするのも忘れて呆然とする。

マルタ島のやわらかで爽やかな空気に、一瞬で華やかさが加わる。周りの雰囲気まで変えるほどの容姿に息をのんだ。

きれいに整えられた凛々《りり》しい眉に、左右対称の知的な目もと。スッと通った鼻筋に続く唇は薄く、風に吹かれた黒髪はサラサラと涼しげになびいていた。

美しいという形容が男性に対してふさわしいのかわからないが、ほかの表現が見つからない。

目を奪うのはその顔の美しさだけではない。彼の身なりもまた、洗練されたものだった。

品のあるネイビーのシャツにグレー地に縦横の細い線をあしらったウインドウペンのトラウザーズ。体にぴったりとフィットしたそれらにホワイトブレザーで格調高さを演出しつつ、素足履きしたスエードのタッセルローファーがエレガントな雰囲気も足している。

内からにじみ出る品のよさとあふれる自信のようなものが、その場の空気を華麗なものに変えるのだろう。

ものの数秒のうちにそこまで観察できるほど、陽奈子は彼に見とれていた。

三十歳前後だろうか。美しい景色と一緒に写真に収めたくなるような、まさに容姿端麗という言葉がぴったりの男性だった。

日本の人？　それとも外国の人？

どちらとも判別がつかずに見入っていると、男性はいぶかしげにほんの少しだけ眉をひそめる。

そこでようやく我に返り、陽奈子は差し出された帽子を慌てて両手で受け取った。弾みで手が触れ合い、あやうく落としそうになる。並はずれた容貌の男性を前にするのが初めてなら、ここまで動揺するのも初めてだ。

《ありがとうございました》

落ち着きなく目を泳がせながら、なんとか英語でお礼を言うと……。

「カメラは？」

なんと、返ってきたのは日本語だった。日本人だったようだ。

でも、カメラって？

もしかしたらこの人も陽奈子をカメラマンだと思ったのかもしれない。きっと陽奈子が次々と写真撮影するのを見ていたのだろう。

「私、違うんです」

右手をひらひらと振って身振りでも否定する。

「違う？」

「カメラマンってわけ――」

「そうじゃない」

間髪容れずに男性が陽奈子を遮る。

そうじゃないとすればなんだろう。

陽奈子が小首をかしげて背の高い彼を見上げると……。

「写真を撮ろうかって言ってるんだ。ひっきりなしにカメラマンをやらされていただろう。キミも撮ってほしいだろうと思って」

そんな気遣いをされるとは、思いもしなかった。

男性は涼しげな顔をして手のひらを上に向け、右手を差し出してきた。デジカメをよこせといったところか。

「あ、いえ、私は風景だけで十分なので」

一瞬のうちに陽奈子の心に様々な記憶がよみがえり、つい相手に警戒の色をにじませる。

また勘違いされてる？

そんな思いに至るのには、自身の容姿が関係している。

陽奈子は自分の顔をあまり好きではない。

それほど大きくない垂れ気味の目、少しふっくらとした頬と唇。クールビューティーに憧れる陽奈子にとって、それらはどれもコンプレックスでしかない。唯一、鼻筋が通っているのだけが救いだ。しかし他人に言わせると、特別な美人ではないけれど、女性っぽさを感じさせる男好きのする顔なのだとか。

陽奈子にそんなつもりはないのに、男性からすると誘っているような雰囲気をまとっていると。つまり、恋愛に奔放だと思われがちなのだ。

それは他人が勝手に思い込んでいるイメージであって、本人にとっては戸惑いしかない。むしろ、陽奈子自身は真逆のタイプなのだから。

おかげでこれまで、何度か嫌な思いをしたこともあった。男性経験が豊富に見られがちで、付き合うや否や体を求められて相手に幻滅したり、逆に、陽奈子の経験の浅さが相手を幻滅させたり。

つまり、ろくな恋愛をしていない。

それどころか、大学を卒業して就職した外資系のＩＴ企業では、その見た目の雰囲気、つまり他人からの勝手な思い込みがあだとなって退職に追い込まれた過去がある。陽奈子が拒否の姿勢をとっているにもかかわらず、目の前の彼はなかなか引き下がらない。

「そう言わずにほら」

さらに手を突き出し、長い指先を曲げ伸ばしてひらひらとする。

そこまで言われれば断れないよね……。

せっかくの好意を無下にするのは失礼だし、顔写真を残すのが嫌なら、あとでデータを消せばいいだろうと思いなおす。

「では、お願いします」

バッグにしまっていたデジカメを取り出し、陽奈子は軽く頭を下げた。

彼から離れ、いい構図になりそうな場所まで小走りに移動する。海の間際まで行き、この辺でいいかと振り返ると、彼が手を振りもう少し右へ立つよう指示をする。それに従い横にずれたところで、彼はデジカメを構えた。

なんて絵になる人だろう。

彼こそまさしく被写体にふさわしい。スリーマをバックに陽奈子のほうが写真を撮りたい気持ちに駆られた。

おまけに、ただの写真撮影なのに端正な顔をした男性に見つめられるせいで、嫌でも緊張する。遠目でも、目が離せなくなる容姿に変わりはなかった。

「ありがとうございました」

撮り終えたデジカメを受け取り、手にしていた帽子をかぶる。

撮ってもらった写真はホテルに帰ってから削除しよう。

いざ足を踏み出そうとしたところで、彼が不意に口を開く。

「いったい、いつまで撮り続けるのかと思って見てた」

「……はい？」

「あんなに長い列をつくられる観光客は初めて見たよ」

男性がくすりと笑う。

なんというか、とても魅惑的な笑みだ。周りの空気までくすぐったさに振動したような感じといったらいいのか。

「そ、そう、ですよね」

その笑顔にドキッとして言葉がたどたどしくなる。それくらい惹きつけられる笑顔なのだ。

ところが、わずかに浮かれた心は直後に打ち砕かれた。

「あんまり能天気でびっくりだな」

「……え？」

「普通は断るだろう。仕事でもないのに」

いきなりケンカを売るような口調で言われ、呆気にとられる。

ついさっき見せられた笑顔はまやかしだったのか。侮蔑が含まれていたのに気づかず、ドキッとした自分が情けない。

予想もしない先制パンチが陽奈子から言葉を奪う。

「だから日本人は騙されやすいと言われるんだろうな」

顎に手を添え、まるで値踏みでもするかのように陽奈子を見た。

「な、な……」

さらなる言葉の暴力に唇が震える。鯉のように口をパクパクとさせた。

でもそれも数秒間。手痛くさげすまれ、黙っていられずに口を開く。

「私を日本人代表みたいに言わないでくださいっ。私がそうだからといって、日本人みんなが騙されやすいなんて、おかしな理論です」

陽奈子のせいでそう思われた日本人から、それこそ大ひんしゅくではないか。

「それにそれに……お人よしと言ってください……！」

途中言葉を探して詰まったが、普段穏やかな性質の陽奈子にしては珍しくまくし立てる。

そんな反論をされるとは思わなかったのか、男は一瞬だけ目を見開き、なぜかククと肩を揺らした。

笑われるようなことを言った覚えはない。

「ひとつ教えてあげよう」

やけに意地悪な顔だ。顔をほんの少し傾け、冷ややかな目で陽奈子を見る。教えてあげると言いながら、優しさはみじんも感じられない。むしろ上から目線だ。

なにを言われるのだろうかと身構える。

「お人よしは褒め言葉じゃないぞ」

そこを指摘されるとは思わず、少しだけ拍子抜けした。体からふっと力が抜け、ゆっくりと一回まばたきをする。

「……そうなんです、か？」

これまで『陽奈子はお人よしね』と何度か言われてきたが、けなし言葉だとは思いもしなかった。むしろ喜ばしく感じていた部分もなきにしもあらず。

「他人に利用されたり騙されたりする人を指す言葉。いい人という長所としての褒め言葉じゃなく、騙されやすい人というマイナスだと思ったほうがいい」

利用されて騙される？　マイナスの言葉？

心外な言い様だった。

「で、ですが、人をまったく信じないよりは信じたほうがいいですし、ポジティブに捉えられるのは幸せだと思います」

自分を否定されたような気がして、つい必死になる。誰も信じられずに送る人生は悲しいし、なにより寂しい。

「お人よしの類語には騙されやすいという意味から、アホやバカの言葉が並んでいるのを知らないらしいな。おめでたい」

「おめ、おめ……」

我ながら正論だと思ったのに、真っ向から否定された。それもかなり手ひどく。

陽奈子は激しく目をまたたかせ、手をわななかせた。

初対面の人にそこまでひどい言葉を投げつけられた経験はない。容姿がいいから、うっかり紳士だと思い込んで油断していた。

「お人よしを純粋な人と捉えた場合でも、素朴な人という好評価な言葉の一方で単純や世間知らずという言葉で表現されていると思ったほうがいい」

男は最後に嫌みなほどにっこりと笑った。

利用されて騙される、アホでバカなうえ、単純で世間知らずでおめでたい。侮蔑のオンパレードと思われる言葉がずらりと並んだ。

なんて人なの……!

イケメンだと思ったら中身は最悪。ドキドキした時間を返してほしい。

そうは思っても、ここで闇雲に言い返しては男と同じレベルに成り下がってしまう。

陽奈子は唇をぐっと引き結んでなんとかこらえた。

「じゃ、俺はこれで。人がいいのもほどほどにしておいたほうがいいぞ」

「余計なお世話ですっ」

陽奈子は眉間に皺《しわ》をざっくりと刻んで彼をキッと見た。これくらいの反撃はしたっていいだろう。

ここまで人に対して強い口調で言い返したのは、初めてかもしれない。それほど彼の言葉に憤っているのだ。

男はうっすらと笑みをにじませた目で陽奈子を数秒見つめた後、背を向けた。

本当になんなの!　せっかくきれいな景色を楽しみにここに来たのに!

夕暮れの中、歩きだした彼の背中をしばらく見ていた、というよりはにらんでいた陽奈子も、気を取りなおしてホテルに向かって歩き始めた。

翌日、陽奈子は宿泊するホテルのあるセントジュリアンからバスに乗り、昨日対岸から写真に収めていた首都バレッタへやって来た。

昨日の嫌な出来事は忘れ、気分一新、今日はめいっぱい楽しもうと気持ちを切り替える。

バレッタは小さな半島をそのまま利用した要塞都市で、坂や階段がとても多い。マルタストーンというマルタ原産の石でできた街は、まるでおとぎ話の世界のよう。スリーマから眺めたバレッタがはちみつ色に見えるのは、その石の持つ優しい風合いのせいなのだろう。

陽奈子が中世にタイムスリップしたような路地をゆっくりと歩いていると、五十代くらいの女性が地面に這いつくばっている光景に出くわした。なにか捜し物でもしているのか、いくつか並んだ鉢植えを持ち上げたり、ベンチの下に手を突っ込んだり。立ち上がっては腕を組んで首をひねっていた。

《どうかされたんですか？》

陽奈子が思わず声をかけると、顔を上げた女性は眉尻を下げて困ったように肩をすくめた。
《指輪を落としちゃったの。洗濯物を干していたらスルッと抜けて》
そう言って女性が上を指差すと、そこには洗濯物が風にはためいていた。
この家の住人らしい。あっと思ったときには、地面に指輪が跳ね返る音が聞こえたという。
《夫からもらった大切なものなのに。どうしようかしら……》
途方に暮れたような顔で悲しげにつぶやいた。
そんな姿を見せられたら、放っておくわけにはいかなくなる。
《一緒に捜します》
そう言わずにはいられなかった。
女性にならって、指輪が落ちたと思われる付近を捜索開始。一度チェックした場所も、見落としがあったかもしれないと期待を込めて何度も確認していく。
《困ったわ。本当にどうしましょう》
おろおろしながら不安そうにつぶやく女性に《大丈夫ですよ。絶対に見つけましょうね》と声をかけながら必死になった。

そうして十分ほど経った頃、しゃがみ込んでいる陽奈子の視界の隅に靴が映り込む。この靴は……。

スエードのタッセルローファー。どこかで見た記憶がある靴だった。

手を止めて視線を上げていく途中で日本語が降ってくる。

「お人よしさん、今日はここでなにを？」

〝お人よしさん〟？　〝今日は〟？　まさか……！

嫌な予感を抱きながら声の主の顔を見た瞬間、陽奈子はボールが弾むようにピョンと立ち上がった。

嫌みなほどに容姿端麗。昨日の男だったのだ。男は、バレッタの街並みにふさわしい涼しげな笑みを浮かべていた。

「……あ、あなたには関係ありませんから」

つい眉間に皺が寄り、つっけんどんな言い方になる。昨日こてんぱんにやり込められたから仕方がない。

「それに、私の名前は〝お人よし〟じゃないです」

「じゃ、なに？」

「陽奈子という名前がちゃんと」

「それで、その陽奈子さんはここでなにを？」

男は意外にもすんなりと呼び変えた。

指輪捜しの手伝いをしていると言ったら、きっと昨日のようにあきれられるだろう。でも正直に言うかどうか迷ったところで、ほかにごまかす言葉も見つからない。

「……ちょっと捜し物を」

「捜し物？」

不審な目つきで聞き返す。きっとまた嘲笑するに違いない。

「あちらの女性が指輪をなくして困っていたので」

お人よしの烙印《らくいん》確定。彼によれば、陽奈子は〝利用されて騙される、アホでバカなうえ、単純で世間知らずでおめでたい〟人間だ。

陽奈子が少し離れたところで指輪を捜索している女性を手で指すと、男はそちらを見てクスッと鼻を鳴らした。

「キミは本当に人がいいんだな」

さらりと言われる。

昨日はカメラマンで今日は捜索隊。彼にそう思われるのも無理はないだろう。

なんとなくバツが悪い思いでいると、男はいきなりその場にしゃがみ込んだ。

「あの……？」

なにをするつもりか。

「俺も捜すよ」

「えっ？」

「ふたりより三人のほうが効率がいい」

淡々と言われて面食らう。

「それはそうですけど大丈夫ですからっ」

戸惑って声をかける陽奈子をよそに、男は指輪を捜し始める。ためらいもせず膝を突き、石畳の隙間や建物の間に手を突っ込んだ。

しばらく呆気にとられていた陽奈子も、ハッとしたように自分を取り戻して再びあちらこちらを捜し始める。またなにを言われるかわからないから早く見つけないとならない。

ところがどこをどう捜しても、指輪どころか塵《ちり》ひとつ出てこない。行き届いた清掃に感心しながら、だんだんあきらめモードに入ろうかというときだった。

《この指輪ですか？》

声がしてパッと振り返ると、男が女性に近づいていく。

まさか見つかったの⁉
陽奈子も女性のもとへ駆け寄った。もうダメだと思いかけた頃だっただけに驚きを隠せない。
彼の手のひらにのせられたシンプルな三連のゴールドリングが、朝日を浴びてきらめいた。
《そうよ！　これこれ！》
指輪を確認した女性は、今にも飛び上がりそうなほどだ。
《もう見つからないかと思ったからうれしいわ。本当にありがとう》
女性は頬を赤く染めながら彼の手を取り、何度もお礼を繰り返す。
《そうだわ。よかったら、お礼にお茶でも飲んでいったらどうかしら？　そちらのあなたもご一緒に。ね？　ぜひそうして》
陽奈子にまで誘いの声がかかる。いきなりの展開に戸惑っていると、
《せっかくですが、これから人と会う約束をしていますのでお気持ちだけいただいておきます》
彼の口から流暢《りゅうちょう》な英語が出てきた。発音もネイティブ並みにきれいだ。
《あらそう、残念ね……。あなたは？》

今度は陽奈子に矛先が向けられる。

《えっと、そうですね……》

じつはオープントップバスの市内観光を予約しているため、お茶をする時間は取れそうにない。でも、男に断られて少なからず落ち込んでいる女性に対して、続けざまに断りを入れるのは申し訳ない気持ちになる。

少しくらいならなんとかなるかなと思った矢先。

「無理ならはっきりそう言ったほうがいい」

彼が日本語でこっそりアドバイスする。

「なにか予定があるんだろう？　それなら遠慮する必要はない」

「……そう、ですね」

たしかに彼の言う通りだ。彼女とのお茶はマルタ島の話をいろいろ聞けて楽しそうだが、それではバスに乗り遅れる可能性もある。時間を気にしながらお茶するのも相手に失礼だし、ここは心を鬼にしてお断りしよう。時間の限られた旅行なのだ。自分を勇気づけて口を開く。

《ごめんなさい。私もこの後予定があるんです》

女性にはっきりと告げた。

《そう。それじゃ仕方ないわね……。ともかくふたりとも本当にありがとう。もしも時間ができたら、ぜひ寄ってちょうだいね》

女性は名残惜しそうに、何度も振り返りながら家の中に入っていった。

それにしても、あれほど捜して見つけられなかった指輪はいったいどこにあったのだろう。まるで彼を狙って空から落ちてきたみたいだ。

「一緒に捜していただいてすみません。ありがとうございました」

嫌な男には違いないが、見つけてもらった感謝はある。

「どこにあったんですか?」

「そこ」

彼が指差したのは、陽奈子が何度も見たはずの鉢植えだった。

「えっ、あそこに?」

予想外の場所だったため、素っ頓狂な声になる。

「根もと近くの茎に引っかかってた」

鉢植えの上だったとは。下ばかり捜していた陽奈子には見つけられなくて当然だ。

「そうだったんですか」

気づいたときには地面から音がしたと女性に聞いたため、まさか指輪が飛び上がって鉢植えの中にダイブするとは考えもしなかった。

「ありがとうございました」

「キミがお礼を言う必要はないだろ」

「ですが、足止めさせてしまいましたから。私ひとりだったら、きっと見つけられなかったと思います」

そうなっていたら、あの女性を相当悲しませただろう。大丈夫ですよと言って気を持たせておいて、見つからないなんて無責任で話にならない。

「よくよくらしいな」

男は、どことなく笑いをこらえるようにして口もとに手をあてる。

男の言いたいことはわかる。よほどのお人よしだと言いたいのだろう。本当に意地悪な男だ。

「あなたにどう思われても平気ですから」

日本から遠く離れた異国の地。この場限りの小さな出会いなのだ。人生で考えたら、それこそ一瞬。たまたま運悪く、意地の悪い男に出会っただけ。この先二度と会わないだろうから、ちょっとしたアクシデントだと思えばいい。

陽奈子はそう自分に言い聞かせ、気持ちを整えた。

「今夜の予定は？」

唐突に尋ねられ、目をぱちぱちしながら「とくにはありませんが……」と答える。

あなたには関係ないと言えばよかったと、あとから悔やんだ。

今日一日バレッタを散策して夜にはホテルに戻る予定だ。でも、なんのための確認なのか。

「セントジュリアンの『ホテルファビュラン』はわかるか？」

「泊まっているホテルですが」

陽奈子が宿泊しているホテルだ。

「それなら話は早い。そのホテルのフロントロビーに七時」

「……えっ？」

「キミが俺にするお礼」

なにを言われているのかわからず、ポカンとする。

「そこで食事でもしよう」

いきなりの誘いに目は点になり、鼓動はドクンと弾んだ。

お礼で食事ということは……。

「心配するな。ご馳走しろと言っているわけじゃない」

陽奈子の心を見透かしたように続ける。

「えっ、ちょっ……」

「それじゃ、また夜に」

「えっ、えっ、あのっ」

わけがわからない。呼び止めようと途切れ途切れに声をかけたものの、男は華麗に身をひるがえした。長い足でどんどん遠ざかっていく。

「なになに、どうして？」

完全に置き去りにされ、ひとり言が口を突く。気が動転して手に変な汗をかいた。

こんなところであの人から食事に誘われるなんて……。

呆然と立ち尽くす陽奈子の前から彼の背中が完全に消える。

さっきの会話を何度思い返してみても、誘われたのは間違いがない。

もしかして軽い女だと思われたの？

これまでの経験から、嫌な予感が胸をかすめる。あの人にも、陽奈子が簡単に体を許すような女に見えたのかもしれない。

ここに住んでいるのか旅行中なのかわからないが、誘えばホイホイとついていくと思われたのではないか。イケメンの自分なら断られるわけがないと。

きっとそうに違いない。それなら行かないほうがいいに決まっている。

心の中でもうひとりの自分が警告を発する。そうとはいえ、また嫌な思いをするのがわかりきっていても、なにも言わずにすっぽかすのは性格上できない陽奈子だった。

きちんと会ってはっきり断ろうと、陽奈子はバレッタ観光を終えた後、指定された場所にやって来た。

時刻は七時十五分。遅刻だ。しかし、三階あたりまで吹き抜けになったロビーに彼の姿は見あたらない。

来ないと思って帰ったかな。それとも最初から来なかったのかな。それならそのほうがいいんだけど。

断る手間が省けてよかったと思いつつ、念のためにとフロントの前をうろついていると、不意に《クラサワ様》と声をかけられた。

《手紙を承っております》

振り返ると、そこにはかしこまって立つホテルの女性スタッフの姿があった。彼女は陽奈子が出かけるときにフロントによくいるスタッフだ。

手紙って？　日本からではないだろうけれど……。

家族にはこのホテルの住所を知らせてきたが、ここへ来てまだ数日。エアメールが届くにしては早すぎる。

不思議に思いながらスタッフが差し出した白い封筒を受け取る。

住所もなにも書かれていない。ただ【ヒナコ様】と、きれいな手書き文字が並んでいた。

まさか、という思いが胸を突く。あの男の顔が思い浮かんだのだ。

スタッフが去ってから開封すると、中には手のひら大のメモが一枚、折りたたまれた状態で入っていた。

【三階のイタリアンレストランで待ってる】

たった一文だけ書かれ、【貴行《たかゆき》】で結ばれていた。

来なかったわけでも帰ったわけでもなく、先にレストランに入ったらしい。つまり陽奈子の期待に反して待っているのだ。

「なんで……」

正直な気持ちが口からこぼれる。どういうつもりなのかさっぱりだ。

会話が弾んでまた会いたいと思われたのならまだしも、陽奈子と〝貴行〟という男の間にはそんな甘い要素はなにひとつない。むしろ険悪だったと言ってもいいだろう。

それなのにこうして誘われるのは、やはり軽い女と思われたのだ。そうだとしか考えられなかった。

深いため息が漏れる。

これまでずっとそうだった。いつも簡単な女だと思われてきた。

でも、そんなふうに思われっぱなしなのはもう嫌なのだ。とにかく自分はそんな女ではないと物申しておきたい。

陽奈子は、意を決して指定されたレストランへ向かった。

マルタへ来て三日。高級そうな雰囲気のため遠目で敬遠していた店は、入口に立てかけられたメニュー表の値段にもそのグレードの高さが現れていた。

ドレスコードがふと気になり、自分の姿をざっと眺める。

陽奈子が着ているのは、コットンの白いワンピース。もしも入店を断られたら、そのときに手立てを考えればいいだろう。

場違いなのではという気持ちで、恐る恐る足を踏み入れる。控えめな照明の店内は、気品のある空気が立ち込めている。来るのが伝わっていたのか、すぐにスタッフが陽奈子を案内した。

男はテーブルの上に悠然と手を組み、陽奈子を見て口角だけ器用に上げる。

昼間のデニムをはいたラフなスタイルは、ネクタイ姿にチェンジされていた。襟とカフスが白無地になっている薄いブルーのシャツに、ストライプ柄のネクタイがこなれた印象だ。ナチュラルにしていた髪は両サイドを整髪料で固め、さらに男らしさが増している。

昨日や今朝とのギャップに不本意にもドキッとさせられた。

「俺を二十分近くも待たせる女性は初めてだ」

腕時計を見て時間を確かめてから、男はどこか愉快そうに言う。

俺を待たせるとはいい度胸だと言いたいのかもしれない。

きっと頬まれなる自分の容姿を自負していて、これまでに周囲からは相当ちやほやされてきたはず。女性を待たせても、待たされた経験などないのだろう。

たしかに外見は文句なし。陽奈子だって最初はぼうっと見とれたくらい。でも肝心の中身はというと、手放しで素晴らしいとは言いがたいときている。

「座ったらどうだ?」

陽奈子を座らせようとしてスタッフが椅子を引く。

しかし、陽奈子はそれを制して笑顔でお礼を言い、その彼にはひとまず遠慮して下がってもらった。

「いえ、ここに来たのは一緒にお食事をするためじゃないんです」

「じゃあなに？」

男はテーブルに肘を突き、首をほんの少し傾けた。断られるのは想定外か。その状況をおもしろがるように目を細める。

「私、あなたが思っているような女じゃないんです」

「俺が思っているような女って？」

「軽い女というか……そう見えるのかもしれませんが違うんです。誘われればすぐにホイホイついていくような女じゃありません。それを言いたくて、ここへ来ました」

彼がくすりと笑う。

「ホイホイついてきそうだから誘ったと？」

大きくうなずいて答える。

「食事して、その後俺が自分の部屋にキミを？」

まさにそう。でも、単刀直入に言われて頬がカーッと熱を持つ。

恥ずかしさに唇を噛みしめていると、彼はクククと笑い始めた。

「ど、どうして笑うんですか？」

「陽奈子はおもしろいな」

いきなり呼び捨てにされ、目を丸くする。

「〝陽奈子〟って……！」

「俺のほうが年上だろうから、呼び捨てでも失礼にはならないだろ。陽奈子は何歳？」

「……二十五歳ですけど」

年下だからといって呼び捨てにされたくないと思いながら、憮然《ぶぜん》としつつ返す。

「俺は三十一歳。六歳も年上なわけだ」

つまり、だからこそ呼び捨てにする権利があると言いたいらしい。なぜか勝ち誇ったような顔だ。

六歳も年上のくせに、年齢で優位に立とうとするなんて、子どもっぽくない？

ついふっと笑ってしまった。拍子抜けして毒気を抜かれそうになったところで慌てて気を引き締め、心を立てなおす。

「でも、あなたとは知り合ったばかりです。年齢を持ち出すのはおかしいと思います」

「貴行だ。フロントに預けたメモに書いてあっただろう？　俺にも名前がちゃんとある」

論点をすり替えられた。とはいえ、彼の言っていることに間違いはない。『私の名前は〝お人よし〟じゃないです』と彼に言ったのはたしか。

陽奈子が言葉に詰まっていると、彼はニヤリという笑みを浮かべた。なんという人なのか。

「では貴行さん」

名前部分を強調して呼びなおす。

「私たちはまだ知り合ったばかりですので、名前を呼び捨てにされるのは避けていただければと思います」

毅然《きぜん》と言いきったつもりでも、気の弱さは隠しきれない。ところどころ声が小さくなった。

「それなら陽奈子も貴行と呼べばいい」

「そういう問題ではなくてっ。それに六つも年上の人を呼び捨てになんて」

「ほら」

二本の指をパチンと鳴らして貴行がしてやったりといった顔をする。そんな表情すら決まるのは、本当に悔しい。

ところで、なにが『ほら』なのか。陽奈子は目をまばたかせる。

「陽奈子も年齢にとらわれているだろう?」

「あっ……」

そう言われて、陽奈子はハッとした。ついさっき年下だからといって呼び捨てにされたくないと思っておきながら、自分も今、年上だからという理由で貴行の名前を呼び捨てにできないと言っている。同じように年齢にこだわっているではないか。

「ともかく座って」

ぐうの音も出ない指摘をされたためか、陽奈子は言われるままに力が抜けたようにストンと腰を下ろした。

貴行はスマートな仕草でスタッフを呼び、流暢な英語で注文を済ませる。お酒は飲めるかと聞かれ、少しだけならと答えた。

すぐに運ばれてきたグラスワインは、色味からして白ワインだろう。

「マルタ島の白ワインといえば、これがおすすめだ。日本人の口に合いやすい」

すっかり貴行のペースに乗せられているのは気のせいか。グラスを持ち上げて乾杯の仕草をされ、陽奈子はぎこちなく彼と同じようにした。

この人はどうして自分を食事に誘ったのだろうか。口ぶりからすると、陽奈子が簡単に誘いに乗る女だと思ったからではなさそうだ。それ以前に、陽奈子など誘わなくても、女性に不自由はしていないだろう。

見た目はもちろん、仕草も洗練されている。陽奈子がこれまでに出会った男の中でもダントツ。ここに住んでいるのかどうかはさておき、きっとマルタの女性もイチコロにするに違いない。今朝、指輪を捜していた女性も、貴行を見てポッと頬を赤らめていたくらいだ。

それにしても、このワイン、本当においしい！

花の蜜のような甘みが、さわやかな香りと一緒に鼻から抜けていく。

「口に合ったようだな」

陽奈子の表情で察したらしい。貴行は満足そうに唇の端を上げた。

「はい、甘いのにさわやかですね。白ワインは普段あまり飲まないんですけど、これはすごくおいしいです」

相手が不躾《ぶしつけ》な男だということを忘れて、ついニコニコとしてしまった。

それに気づいて慌てて口もとを引き締めても、時すでに遅し。貴行は陽奈子のそんな心の内も読み取ったかのように、軽く鼻を鳴らして笑う。咳払いをしてごまかしてみたものの、それは含み笑いで返された。

そうこうしているうちにスモークサーモンとクリームチーズのタルティーヌやナスとアンチョビのホットサラダが運ばれてくる。

「遠慮しないで食べるといい」

そうは言われても、今夜のディナーの主旨はまだ掴めていない。

「ですが――」

「心配するな。部屋に連れ込もうという企みはない。それにしても陽奈子は妄想が逞《たくま》しいな」

「そっ、それは……！」

そう考えたのは事実のため、なにも言い返せない。

貴行はククク と愉快そうに肩を揺らしている。

「陽奈子のように人のいい人間にお目にかかったのは初めてでね。どんな生態をしているのか興味があったってところだ」

「せ、生態⁉」

陽奈子が目を白黒させるのを見て、貴行はさらに楽しげだ。

「人を野生動物みたいに言わないでくださいっ」

思わず声を荒らげたため、静かなレストラン内のお客から視線を集める事態になった。急いで方々へ目礼で謝罪する。

「あ、いいところを突くな。観察日記でもつけるか」

貴行はテーブルに身を乗り出し、意地悪に目を細めた。

それはさすがにひどい。

「きっと、貴行さんの周りには私のようなタイプの方はいらっしゃらないんでしょうね」

悔しさから、つい自虐的になる。

「そうだな、俺の周りにいるのは陽奈子とは正反対の人間ばかりだ」

つまり、簡単に人を信用しないから騙されないし、世間知らずのおめでたい人間ではないと。もっと言えば、洗練された美女といったところか。

「優秀な方ばかりでなによりです」

卑屈になり、自分でも鼻息が少し荒くなったのはわかった。

「怒る必要はない。褒めてるんだ」

「バカにしないでください」

そもそも、お人よしは褒め言葉じゃないと言ったのは貴行だ。それなのに褒めているというのはおかしな話だろう。

「ともかく、キミに非常に興味がある」

「そう言われても困ります。観察日記はやめてください」

そんなものをつけられてはたまらない。

「日記はつけないから心配するな。ただ、もう少し話してみたいだけだ」

貴行はテーブルに両肘を突き、組んだ手の上に顎を軽くのせた。真っすぐな目で見つめられてドキッとする。不覚だ。

「……は、話なら、もう十分だと思います」

話ではなく、軽い口ゲンカとも言わなくない。

「悪いけど、俺はまだ足りないんでね。付き合ってもらうよ」

笑みをにじませながらも強い視線が陽奈子に注がれる。有無を言わせない態度だ。

「そのかわり、なにか食べたいものがあれば、なんでも頼むといい」

おいしいものでつろうという魂胆らしい。

言い合いをしているうちにふたりのテーブルには、色とりどりの地中海料理が所狭しと並んでいた。コース料理を頼んだわけではなかったようだ。

いい匂いに誘われて、おなかがキュルルと鳴る。なんてゲンキンな胃袋だろう。

「これだけあれば十分です」

陽奈子はあっさりとつり上げられた。

目の前に並んだおいしそうな料理を見れば無理もない。バレッタの街を一日歩き回り、おなかもぺこぺこだ。空腹にはかなわない。

陽奈子が食事に了承したとわかった貴行は、満足そうにニッと唇の端を上げた。

なんだか少し変な人だけれど、せっかくだからご馳走になろう。

陽奈子は「いただきます」とフォークを取り、遠慮なく牛肉のシェリー煮込みに手を伸ばした。

「マルタ島へは観光で？」

料理を食べ進めながら、ふと質問を投げかけられる。

「はい。休みが取れたので思いきってひとりで」

「ひとりで旅行するくらいだから、旅慣れしてるんだな」

「あ、いえ。じつは初めてのひとり旅だし、初の海外旅行なんです」

陽奈子がそう答えると、貴行は目を丸くした。

「ずいぶん思いきりがいいんだな」

「自分でもびっくりです」

どちらかと言えば、幼い頃から堅実な道を歩いてきた。

三つ年の離れた姉、萌々《もも》は奔放で自由を謳歌《おうか》するタイプ。両親に心配をかけるのが常の彼女をそばで見ていたからか、陽奈子は枠からはみ出すのが怖く、あたり障りのない道を選ぶほうが多い。

そんな自分が海外に、それもひとりでやって来るとは正直今でも信じられない。

それは両親も姉の萌々も同じだったようで、発つ日の朝まで『本当に大丈夫なの?』としつこく念押しされた。

それでもこうして来たのはやはり、憧れの地に行けるチャンスはそうそうないと思ったから。

「貴行さんはここに住んでいるんですか?」

慣れた様子が観光客とは少し違って見える。

「いや、仕事で」

今朝、待ち合わせしていると言っていた相手も仕事関係なのかもしれない。仕事でこんな素敵なところへ来られるのはうらやましい限りだ。貴行も陽奈子と同じく、このホテルに泊まっているという。

「それじゃ、マルタ島にも何度か来ているんですか?」

「仕事で三回目。今回はある仕事を依頼するためにね」

「そうなんですね」

いったいなんの仕事をしている人だろう。こうして海外に来るような仕事といったら貿易か。商社勤めのエリートかもしれない。

ちょっとした興味は湧いたものの、出会ったばかりの人間からパーソナルなことなど聞かれたくもないだろうし、詮索するのを控えた。

「明日の予定は？」

「青の洞門に行ってみようかと思ってます」

「青の洞窟の間違いじゃないのか？」

「洞窟はカプリ島ですが、青の洞門と呼ばれている場所がマルタ島にあるんです」

青の洞窟といえばイタリアが有名だけれど、マルタ島にも似たような場所がある。

とくに午前中がおすすめらしく、明日は早起きして出発しようと考えていた。

「とてもきれいみたいですよ」

「それなら俺も行こう」

「……はい？」

「陽奈子と一緒に行くと言っているんだ」

耳を疑う言葉を投げかけられ、陽奈子ひとりだけ時が止まったようになる。

今、一緒に行くって言ったの？

ゆっくりとまばたきを繰り返し、貴行を見た。

「どうして私と一緒なんですか？」

誘うつもりで言ったわけではない。単なる報告だ。

「たまたま行き先がかぶっただけだ」

「……そう、ですか」

いや、でも、さっき貴行は、青の洞門自体を知らない様子ではなかったか。カプリ島の洞窟だと思い込んでいたはず。

納得がいかずに首をひねっていると、貴行はさらに続けた。

「ひとりだろうとふたりだろうと、青の洞門の美しさが損なわれるわけではないだろう」

「それはそうですが」

「じつはこう見えて方向音痴なんだ」

それはまた意外な弱点だ。

「陽奈子が一緒に行ってくれると助かる」

貴行はこれまでにない優しい笑みを浮かべた。

そう言われると、突っぱねられなくなる。困っている人を前に知らんぷりするのは、陽奈子にとって至難の業。それは、意地悪な言葉をさんざん放った貴行であっても同じなのだ。

彼の言うように、誰と行こうが美しい景色が変わるわけではない。とりあえず現地に着けばいいのだ。そこから先は別行動だっていいだろう。

「わかりました」

陽奈子が答えると、貴行は満足気にうなずいた。

最初のキスは思わせぶりに

抜けるような青い空に、どこまでも透明度の高い海。

この世界にはブルーしか存在していないのではないかと思うほど、目にも鮮やかな景色が陽奈子の前に広がっていた。

門のような岩をくぐるたびに海はコバルトブルーやインディゴブルー、ターコイズブルーと色を変え、陽奈子たちを出迎える。きらきらと乱反射した光が、美しさに彩りを加えた。

「すごーい！」

ボートの上で思わず歓声をあげたくなるのも無理はないだろう。

「おい、危ないぞ」

陽奈子は船底を覗こうと身を乗り出して、貴行に引き留められた。

「でもすごくないですか？　もう本当にきれい！　写真で見るよりずっとずっと！」

興奮して自分でも収拾がつかない。我を忘れるとはこれだ。

「はしゃぎすぎ」

クスクスと笑われ、そこでようやく冷静さを取り戻す。

「……すみません」

首をすくめて謝ると、貴行は「まるで子どもだな」とニヒルな笑みで嫌みを言った。

きれいなものはきれい。素直に感動してなにがいけないの？

そんな反発心が芽生えたものの、なんとか言葉をのみ込む。美しい景色を前にしてケンカはしたくない。

ゆっくり深呼吸をして六秒数える。それは、カチンときたときに怒りをやり過ごす有効な手段だ。いつだったか母から教わったことがある。そして実際に意外と効果抜群なのだ。すがすがしい景色を眺めているせいもあるだろうが、心がスーッと落ち着いていく。

ところが、それも束の間。

《新婚さん？》

ボートに乗船していたガイドの男性が、陽奈子たちに声をかける。

《えっ？　私たちですか？　ち、違いま――》

《そうなんですよ》

否定しようとしたそばから、貴行が冗談めかして答えた。しかも、肩を引き寄せる周到ぶり。

「ちょっと、〝そう〟ってなんですか？」

急いで肩を押し返し、ガイドにわからないよう日本語で抗議する。

「こういうときはそう答えたほうがいいんだ。ほかにどんな関係だって言う？　こんなロマンチックな場所に日本人の男女がふたりで来て、見ず知らずの者同士ですってのもおかしいと思わないか？　質問した相手も反応に困るぞ」

言われてみれば、そう思わなくもない。恋人や新婚だと答えるのが無難な気がしてきた。

「……そうですね」

「だろう？」

貴行はふふんと鼻を鳴らした。言い負かしたといったところか。

《おふたりの写真を撮りましょうか？》

ガイドが手を伸ばす。カメラを貸してというのだろう。

《いえ、大丈夫です》

顔写真、それも貴行と並んだ写真なんて撮る意味がない。

ところが、彼はそうは思わないらしい。

「新婚だぞ？」

どこかおもしろがるように唇の端を上げ、陽奈子の手からデジカメを取り上げる。

「あっ……」

ストラップを掴もうとしたが間に合わない。そうして、お願いしますとガイドに手渡し、貴行が陽奈子の肩を抱き寄せる。

「しっかり笑えよ」

さらには耳打ちまでされ、ビクンと体が震えた。

頬がくっつくほど寄せ合った顔。密着する左半身。不本意にも鼓動の高鳴りは抑えられない。

貴行にそそのかされたとはいえ、新婚を演じるならばここで突っぱねたら夫婦ゲンカだとガイドにあきれられてしまう。仕方なく体を硬直させて耐え忍ぶ。こんな状況下のため笑顔も浮かべられず、唇の端が引きつった。

ガイドは自分の撮影に満足したのか、ウインクして白い歯を見せた。

ホテルに帰ったら削除しよう。

とそこで、バレッタをバックにして彼に撮ってもらった写真もそのままだったと思い出す。それもまとめて消そうと、陽奈子は改めて強く思った。

今度はあっさりと取り上げられないよう、デジカメのストラップを手首に巻いて膝の上にのせる。こうすれば次は大丈夫だろう。

「写真を撮られるのが嫌いなのか？」

「はい。自分の顔があまり好きじゃないので」

貴行に質問され、正直に答える。

「自分の顔が？」

そう繰り返したかと思えば、貴行は陽奈子の顔を覗き込んだ。

まじまじと見つめられて顔を勢いよく遠ざけたものの、背もたれのないシートから落ちそうになり、ここでもまた貴行に肩を引き寄せられた。

ドクンと弾む鼓動。顔はカーッと熱くなった。

「なにやってんだよ。危ないだろ」

「……ごめんなさい」

なにを動揺しているのかと自分でも思う。

「それで、陽奈子は自分の顔のどこが気に入らないんだ」

「全部です」

「全部？　ずいぶんと自己否定が激しいな」

貴行がハハッと笑い飛ばす。

――自己否定。その通りかもしれない。

個人を識別するための最も象徴的な部分である〝顔〟そのものが嫌いなのだから。

「男の人を誘っているように見える顔だそうです」

「男を誘ってる顔？　つまり、男好きのする顔って？」

コクンと小さくうなずく。

「あぁ、それで昨夜あんなふうに言ったわけだ」

貴行は顎に手を添え、小刻みに首を縦に振った。

昨夜、陽奈子が放った言葉が引っかかっていたのかもしれない。そこでようやく合点したといった感じだ。

『私、あなたが思っているような女じゃないんです』

『軽い女というか……そう見えるのかもしれませんが違うんです。誘われればすぐにホイホイついていくような女じゃありません』

自分の言葉を思い出して、なんとも恥ずかしい気持ちになる。

貴行ほどの容姿をした男なら、陽奈子を誘わずとも女性に困らないだろう。

「どれ？　よく見せてみろ」

された。

「えっ、やめてくださいっ」

食い入るように見られたため必死に顔を手で隠したものの、貴行にあっさりとはずされた。

意志の強そうな奥二重の目が、真っすぐに陽奈子を見つめる。

あまりにも美しい顔立ちがすぐそばにあるせいで、鼓動が一気に加速していく。しかも、両手は貴行の右手ひとつに拘束されたまま。触れ合った手も、しげしげと見られる顔も熱を帯びて火照《ほて》る。やけに強い視線から、なぜか目を逸《そ》らせなかった。

「魅力的な顔じゃないか」

「……えっ？」

意外な言葉が貴行の口から飛び出した。

「人を惹きつけるチャーミングな顔。そういうことだ。なにも、卑下する必要はない」

貴行はわずかに目を細めた。微笑んでいるような、優しい顔だ。

魅力的だとも、人を惹きつけるチャーミングな顔だとも言われた経験は一度もない。これまでは、どちらかといえばマイナスなイメージで言われ続けてきたため、プラスの印象で形容されるのは初めてだった。

大学生のときには、ある男子に誘われて初デートした日にラブホテルに直行された経験がある。懸命に拒むと、『誘ったのはお前のほうだろう？　物欲しそうな顔をしてたくせに』と暴言を吐かれた。

卒業後に就職した外資系ＩＴ企業では秘書として仕えた役員にセクハラをされ、それが公になるのを恐れた相手に『倉沢くんに誘われたんだ！　私はなにも悪くない！』と先手を打たれ、退職に追い込まれた過去もある。

顔に関しては、とにかくいい思い出がなにひとつない。

貴行の意外性のある言葉が、陽奈子の心に妙に響くのも無理はないだろう。

「陽奈子が本音では誘ってるっていうなら話は別だけど」

「さ、誘ってなんて……！」

「だろう？　なら自信を持て」

励ますように背中を軽く叩かれ、これまで持ち続けてきた心の重しが口からポンと飛び出した感覚があった。不思議と体まで軽くなった気分だ。

「はい。ありがとうございます」

満面の笑みで頭を下げた。

貴行とこうして話せてよかった気がする。第一印象は最悪だったが、そこまで悪い人ではなさそうだ。

隣に座る貴行の顔を横目で盗み見て、くすぐったい気持ちになる陽奈子だった。

青の洞門の周遊を終え、陽奈子たちは揃ってホテルへ戻ってきた。

三階部分まで吹き抜けになった開放的なエントランスへ足を踏み入れたときのこと。

十数メートル離れたところで男性が、陽奈子たちに向かって手を上げたのに気づく。

自分だろうかと、うしろを振り返ってみたものの、陽奈子たちの後からエントランスを歩く人はいない。それでは貴行の知り合いだろうか。

そう考えたそばから、貴行がその男に向かって軽く手を上げた。

「なに、女連れだったのかよ」

ふたりの前までやって来た男は開口一番、陽奈子を上から下まで眺める。

まるで品定めでもされているようで、その視線から逃れるようにうつむいた。

「そんなんじゃない」

「じゃ、現地調達?」

「違う」

なんだか少し嫌な感じのする男だ。

長身でスラッとした体躯《たいく》は、貴行より線が細い印象。黒縁のスクエア眼鏡の奥は、大きな二重まぶたの目が妙に鋭い。その鋭さと対照的に、ふんわりとしたパーマヘア。鼻がとても高いせいか、一見しただけでは日本人だとわからないかもしれない。ここが海外という理由もあるだろう。日本人と遭遇する確率が低いから。

そういえば、とふと思い出す。貴行は仕事を依頼するためにマルタ島へ来たと言っていたから、彼がその相手なのかもしれない。

貴行と陽奈子は、ここで知り合っただけの仲。互いをいちいち紹介したりしないだろう。

「それじゃ、私はこれで失礼します」

頭をぺこりと下げてふたりに背を向けると、貴行の声が追ってきた。

「陽奈子」

足を止めて振り返る。

「ルームナンバーは?」

「え? あ、えっと八〇一二ですけど……?」

つられてあっさり答えると、貴行は右手をひらりと振った。

「あとで連絡する」

「あ、はい……」

呆気にとられながらその場で立ち尽くしているうちに、貴行と男はロビーラウンジへ入っていった。

あとで連絡？　もうこれっきりじゃないの？

青の洞門へ一緒に行ったのは、貴行が方向音痴だから。その目的を果たせば終了ではないのか。そう思う一方で、意外にも楽しく過ごせた時間を思い返して心が落ち着かなくなった。

ホテル内のレストランで夕食を取った後、陽奈子は部屋で時間を持てあましていた。貴行が連絡をよこすと言ったのが気になり、わけもなく部屋の中をうろつく。

べつに連絡を待っているわけじゃないから。

そう否定するのと裏腹に、連絡なんてこないのではないかと考えるとチクンと胸が痛む。それもこれも、思いのほか楽しい時間を過ごして〝しまった〟から。

バッグからデジカメを取り出し、ベッドに腰を下ろしてガイドに撮影してもらった写真を眺める。爽やかな笑顔を浮かべる貴行の隣で、なんともいえずぎこちない笑みを浮かべる自分がいた。

消してしまおうと、メニュー画面を押して削除ボタンを押す。すると〝削除しますか？〟という確認メッセージが現れ、なぜか指先が惑う。

結局、陽奈子が押したのは〝戻る〟ボタンだった。

「やだな、本当に。私、なにやってんのかな、もうっ」

自分で自分が手にあまり、ひとり言まで飛び出す。

「はぁ……」

深いため息をつきながらベッドに仰向けになった。

とそのとき、部屋の電話がチリリンと音を立てる。

ビクッとして飛び上がった陽奈子は、その勢いのままベッドサイドの受話器を持ち上げた。決して電話を待っていたわけではない。そうではないと、何度も自分の行動を否定する。

《ハロー》

声が震えたのは、弾むように飛び起きたせいだ。

『陽奈子、今から下のプールサイドのバーに来られないか？』

貴行だった。お待ちかねの、では決してない。

「プ、プールサイドのバーですか？」

『フロントの前を通り過ぎた先に中庭に出る扉がある』

ホテルの公式ホームページに、素敵なプールが掲載されていたのを思い出した。ここへ来てから、陽奈子はまだ一度も行っていない。

「わかりました」

貴行との電話を切ると、陽奈子は急いでバッグを掴んで部屋を出た。

気持ちが急くのはどうしてだろう。

足早にエレベーターに乗り、プールサイドのバーを目指す。フロントの前を通り過ぎ、息を落ち着かせるために扉の前でいったん足を止めた。急いで来た自分の行動が不可解でならない。

大きく深呼吸をして、ガラス戸を外側に押した。

目の前にライトアップされた大きなプールが現れる。砂浜を模したのか、波打ち際まであった。色鮮やかなブルーラグーンのよう。ロマンチックな雰囲気は、ホームページで見た以上だ。

乾いた風が頬をかすめる中、足を進めていくと、視界の隅に貴行の姿を捉えた。

木製のカウチチェアにゆったりと座った貴行が、陽奈子に気づいて軽く手を上げる。

プールサイドのほかのテーブルには、何組かのカップルが親しげに談笑していた。

「こんばんは」

とりあえずそう挨拶すると、貴行に椅子を勧められ、テーブルを挟んだ向かいに腰を下ろす。まだ注文していないのか、目の前にはなにも置かれていない。

「夕食は？」

「済ませました」

ホテルの一階にあるラウンジでボンゴレを。

「なに飲む？」

「えっとそうですね……。あっ、昨夜いただいたワインがあれば」

花の蜜のような甘い香りが、じつはかなり気に入ったのだ。

どこかご満悦の様子で貴行がスタッフに注文すると、すぐにボトルと空のグラスふたつが運ばれてきた。どうやら貴行もそれを一緒に飲むようだ。

スタッフに注いでもらい、早速乾杯。口をつけると、昨夜同様にふわっと甘い香りが鼻から抜けていく。

「おいしい」

思わず感想を漏らすと、「そんなに気に入ったのか」と貴行がクスッと笑う。

「自分用のお土産に買っていきたいくらいです」

「そうしたらいい」

貴行はそう言うなり再びスタッフを呼び、なんとそのワインを三本持ってこさせた。

ここでわざわざ買わなくとも空港で買えるからと言っても、いっこうに引く気がない。

「空港になかったらどうするんだ」

そう言われて返す言葉もない。

「青の洞門に付き合ってくれた礼だ。受け取れ」

上から目線に聞こえなくもないが、その気持ちはうれしい。陽奈子はありがたくいただいた。

「夕方、ロビーで見かけた男性はお仕事関係の方ですか？」

詮索するつもりはなくても、ほかに話題を見つけられない。

「俺の幼なじみ。彼に仕事を依頼するためにここに来たんだ」

「そうなんですね」

「気を悪くしなかったか？」

会ったときに彼が不躾な言葉を投げかけたことを指しているのだろう。

「ちょっとびっくりはしましたけど大丈夫です」

貴行と初めて会ったときに比べれば、なんのことはない。

「アイツ、思ったことがそのまんま口から出てくるタイプなんだ」

「似たもの同士なんですね」

つい正直に言うと、貴行からじとっと湿気を含んだ目を向けられた。

「あ、いえ、つまりその……嘘をつけないタイプなんですね」

なんとかうまい言葉を見つけられてホッとする。自分もなかなかやるじゃないかと誇らしい。

貴行は鼻をクスッと軽く鳴らし、ワインに口をつけた。

「陽奈子はいつまでこっちに？」

「明日の朝の便で日本に帰ります」

もう少し滞在していたいが、仕事もあるし金銭面の心配もある。

「貴行さんは？」

「俺は明後日の朝」

「そうですか」

マルタで迎える夜も今夜が最後。そう思うと、やけにしんみりとしてくる。

貴行とも、これっきりだろう。そう考えると、胸に鈍い痛みが走った気がした。

それをのみ込む勢いでワインを口にする。妙な感情はのみ干したほうがいい。

そのとき不意にプールサイドに風が吹きつけ、なにかがふわりと浮かんだのが目に入る。

《あっ……！》

持ち主らしき外国人が隣のテーブルで声をあげる。

反射的に立ち上がった陽奈子は、風に乗ったそれを追いかけた。

マルタ島の風は、どうやら物を飛ばす達人らしい。舞ったのはハンカチのようなものだった。

あともう少し。陽奈子が手を伸ばしたそのとき、体勢を崩して体が傾く。

「きゃっ！」

このままでは青いプールにドボン。もうそんな状況は免れないだろうと思われたときだった。腰に巻かれた腕に強く引き寄せられ、なんとかその場に踏みとどまる。風に飛ばされたハンカチは、別の手によって捕獲された。

「ったく、どこまでお人よしなんだよ」

陽奈子を救ったのは、貴行の腕だった。

ハンカチを飛ばされた外国人女性が、お礼を言ってテーブルに戻っていく。

「……ごめんなさい。それとありがとうございました」

体を反転させ、貴行に向きなおる。

彼が咄嗟に体を支えてくれなければ、陽奈子は今頃ずぶ濡れだっただろう。

「ほんと勘弁してくれ。俺までプールに落ちるかと思ったぞ」

毒づくわりには、どこか優しい笑みだった。

その笑顔が陽奈子の胸を高鳴らせる。

なにも言葉を返せずついじっと見入っていると、腰に添えられていた貴行の手が陽奈子を再び引き寄せる。視界が貴行でいっぱいになった次の瞬間、唇が触れ合った。

数秒して離れた貴行の口が開く。

「陽奈子――」

その先になにか続くだろうと思われた言葉は、突如聞こえてきたヴヴという振動音に遮られた。

一瞬ポカンとした表情を浮かべた貴行はすぐに我に返り、ポケットからスマートフォンを取り出す。彼に着信があったようだ。

「悪い。仕事の電話だ」

そう言いながら陽奈子から離れていく。

今、キスされたよね……?

甘い余韻が陽奈子をそこから動けなくする。事態を思い知った途端、心臓がありえないスピードで打ち始めた。信じがたい出来事に放心状態だ。

「陽奈子、明日のフライト時間は？」

貴行が不意に尋ねる。まだ通話中なのか、スマートフォンは手にしたままだ。

「あ、ええっと……九時半の飛行機です」

急ピッチで記憶を手繰り寄せ、なんとかそう答える。なにしろキスをされた一大事で頭はパニック状態だ。

「見送りにいく」

「はい？」

「仕事でトラブル発生だ。明日、空港で」

慌てた様子ながらもスマートな立ち居振る舞いで、貴行がプールサイドからホテルの中へ入っていく。

取り残された陽奈子は、しばらくそこから動けずにいた。


翌日、マルタ国際空港――。

搭乗手続きを済ませた陽奈子は、チェックインカウンター付近でそわそわと落ち着きなく座っていた。

多くの外国人が行き交う中、貴行の姿はどこにも見あたらない。

貴行は本当に来るつもりだろうか。昨夜たしかに『明日、空港で』と言っていたが、貴行が見送りにくる理由がわからない。なんのためなのか。どうしてなのか。

それよりもわからないのは、昨夜のキスだった。

おかげで陽奈子は朝までほとんど眠っていない。ベッドに入っても、明け方近くまでゴロゴロと転がったり、起き上がって部屋をうろうろしたり。結局、現時点でも結論は導き出せていない。

時刻は午前九時。まもなく搭乗手続きが始まる頃だろう。

腕時計を確認しては、辺りをキョロキョロと見回すのを繰り返しているうち、空港内にアナウンスが響き渡った。

――あともう少しだけ。

そうしてその場に居座り続けるのにも限界がくる。ギリギリまで粘っても、貴行は現れなかった。

そこでようやく疑問の答えが見つかる。なんのことはない。いっときの気まぐれだったのだ。異国の地という雰囲気に乗せられ、その場の流れでなんとなくキスをしただけ。

それは陽奈子も同様。貴行ひとりに罪をかぶせるつもりはない。

初めての海外旅行で気持ちが浮かれていたのは事実。そこへきて貴行が容姿端麗なばかりに、うっかり惹かれただけ。そしてそれは、ひとときの熱。風邪をひいたのも同じなのだ。

そもそも貴行が独身とは限らない。既婚者の可能性だって十分ありうる。それに、陽奈子は彼の名字すら知らないし、貴行という名を偽っていた可能性だってある。

そう、彼のことをなにも知らないのだ。

これがアバンチュールというのだろう。

陽奈子はそうして自分を納得させ、飛行機に乗り込んだのだった。

利害の一致による結婚話

『オーシャンズベリーカフェ』は、アメリカのスペシャルティコーヒーの発祥地と呼ばれるシアトルで創設されたコーヒーショップで、日本各地に展開している。

陽奈子が働く店はオフィスビルが密集するビジネス街にあり、地上四十階、地下三階のタワービルの一階に位置しているため、朝から夜までビジネスマンやＯＬで賑わう。階上には、テレビＣＭなどでもおなじみの企業が名を連ねている。

ＩＴ企業を退職した陽奈子がそこでスタッフとして働くようになって二ヶ月。まだまだ新人の部類だ。今はまだ試用期間だが、それが終われば社員登用試験も受けられるという。

ここ十日間ほどは、リニューアルのため店は休み。その間を利用して、陽奈子はマルタ島へ行っていたのだ。

帰国した翌々日、陽奈子はお土産を携えてリニューアルオープンのオーシャンズベリーカフェへ出勤した。

ポップな色合いだった壁は、ブラウン系の落ち着いた雰囲気に変わっている。それに合わせて、テーブルやチェアもシックなものを取り揃えていた。

着替えた陽奈子が店に出ると、開店前の慌ただしさの中、店長である安西大和《あんざいやまと》は最終チェックに余念がない様子だった。照明はすべてつくか、椅子やテーブルの安定性は大丈夫か、コーヒーマシンをはじめとした機器はきちんと稼働するか、ひとつひとつチェックリストをもとに確認していた。

三十歳の大和は大学時代には陸上選手としていい線までいったらしく、現在もトレーニングは欠かさないらしい。そのおかげもあってか引き締まった体は当時と変わらないみたいだ。

短い毛をワックスで立たせ、優しい顔立ちの彼は、この店に店長として赴任して半年足らずだが、頼りになる人物である。

「大和さん、おはようございます。お店、とっても素敵ですね」

「おぉ、陽奈子ちゃん。おはよう。そうなんだよ。ビジネス街にぴったりの大人の雰囲気になっただろう」

陽奈子が「はい」と微笑むと、大和はうれしそうに顔を綻ばせた。

「マルタ島はどうだった?」

「おかげさまでいい経験でした」

いろいろな意味でも。今回の教訓は、旅先で心を揺らしてはならないといったところか。

「素敵な出会いとかあった?」

からかうように言われ、ドキッとした。

「な、ないですよ、そんなの」

咄嗟に貴行の顔が思い浮かび、慌てて打ち消す。もう忘れると決めたのだから。あの出会いは、旅先ならではのもの。そのときに楽しんでおしまい。

買ってもらったワインを飲み終えれば、それと同時に記憶から消えるだろう。

「そうかぁ?　今ものすごく目が泳いだぞー?」

にこにこと屈託なく笑う大和に、はいと何度もうなずく。かえってそれが不自然だと、陽奈子には気づく由もなかった。

「ともかく、あとでゆっくりマルタ島の話を聞かせてもらうからさ」

「はい、喜んで」

買ってきたお土産は、そのときにでも渡そう。挨拶もそこそこに、陽奈子もオープンの準備に加わった。

「いらっしゃいませ」

大和の爽やかな声が響く。オープン早々、来店したのは常連客の女性だった。栗色のショートカットが快活な印象で、くりっとした大きな目の美人だ。いつでもスーツをびしっと着こなし、いかにもデキる女風。仕草や立ち居振る舞いに、どことなくいいところのお嬢様のような雰囲気がある。

同僚たちの話によると、この近くに本社がある化粧品メーカーの営業らしい。陽奈子はまだスタッフとしての挨拶しか交わしていないが、常連だけあって気さくに会話をする同僚も多い。

接客業をしていると、意外とお客の情報に詳しくなるものなのか、常連になると名前や年齢まで判明している場合もあるから驚きだ。ちなみに彼女は小暮早紀《こぐれさき》という名前で、陽奈子よりふたつ年上の二十七歳だそう。

「いらっしゃいませ」

陽奈子がカウンターで頭を下げると、早紀は軽く微笑みを浮かべた。

「リニューアル、とてもいいじゃない」

「ありがとうございます！」

自分が褒められたわけでなくてもうれしい。陽奈子は、満面の笑みと元気な声で返した。

「十日間もおいしいコーヒーが飲めなくて寂しかったわ」

「大変申し訳ありませんでした。またどうぞよろしくお願いします。いつものでよろしいでしょうか？」

早紀と初めて挨拶以外の言葉を交わし、心が弾む。これが接客業の楽しさだろう。

「あら、覚えてくれたの？」

陽奈子が入って間もないのを知っているのは、常連だからこそ。

早紀は丸くした目を細めて笑った。

「アイスのハニーラテですよね？」

「そうそう。それでお願いね」

「かしこまりました」

陽奈子は丁寧に答え、ドリンク担当の同僚に「アイスのハニーラテひとつです」とお願いし、早紀の会計を済ませた。

それから一ヶ月が過ぎたある夜。仕事を終えて帰宅した陽奈子のスマートフォンがバッグの中で着信を知らせて鳴った。

ひとり暮らしをしているアパートは、オーシャンズベリーカフェまで電車で二十分。乗り換えせずに済むため、通勤にはとても便利だ。築十年が経過した鉄筋四階建てで、大学を卒業して就職したときからこの二階の角部屋に住んでいる。

1DKの部屋のテーブルに置いていたスマートフォンの画面には、母・未恵《みえ》の名前。マルタ島から帰宅した日に電話をかけて以来だ。

「もしもし」

『陽奈子？　もう帰った？　今、平気？』

「うん。大丈夫だよ」

ちょうどお風呂から上がり、着替えを済ませたところだった。

『じつはね……』

未恵の声のトーンがいきなり落ちる。いったいなにがあったのだろう。

「どうしたの？」

『うん……。驚かないで聞いてね。じつはお父さんの工場が倒産しそうなの』

「え!?　どうして突然？」

とんでもない話が未恵の口から飛び出した。

父・豊《ゆたか》が経営している会社は主に船舶関係の部品を製作しており、冒険や博打的なものにはいっさい手を出さない堅実経営をしてきているはず。それが倒産寸前とはどういうことか。

『お父さんね、友達の借金の保証人になっていたのよ』

「ええ！　どうしてそんな！」

『お父さんの友達が、自分の経営する会社の設備投資のためにした借金らしいの』

未恵によると、その友達は信用に値する人物のうえ、経営が軌道に乗るのはあきらかだったため、豊も連帯保証人になったという。

『そうしたら、その友達が行方をくらませてしまってね』

なんと二億円もの借金を、豊がかぶらなくてはならなくなったという。

「だって、借金したのはその友達なんでしょう？　いくら保証人になったからって、お父さんが全額負わされるなんておかしいじゃない。そんなの、逃げるが勝ちみたいで変だわ」

『そういうわけにはいかないのよ……。それにね、その友達も騙されていたらしいの』

未恵はさらに声のトーンを落とした。今にも消え入りそうな声だ。

未恵が言うには、連帯保証人というのは、借金全額について支払いをする責任を負うもの。つまり借主ではないのに、同等の重い責任を負うのだと。そして、その責任から逃れるのはとても困難だという。

「……それじゃ工場を手放すの？」

『工場を手放してお金をつくるしかないかもしれないの』

「そんな……」

豊が船舶の部品を扱う工場を立ち上げて三十年。それこそ死に物狂いで経営を軌道に乗せてきた大切な会社だと、陽奈子は子どもの頃からよく聞かされてきた。従業員は四十人と多くはないものの、手堅い経営で従業員の満足度は高い。

その工場が倒産の危機だとは穏やかではない。しかも友人の借金が原因だとは。そんなひどい話があるだろうか。

陽奈子の体が震えだす。

「なにかほかに手立てはないの？」

なんとかして工場を存続させる方法はないものか。陽奈子自身には当然ながら、二億円という途方もない金額を用立てるのは無理な話。

なにか別の手段で工面する方法は……。

「銀行は？　貸してもらえないの？」

この三十年、取引している銀行も、豊が堅実経営をしているのは知っているはず。

そこから二億円を融資してもらえないだろうか。

『それもあたったんだけどダメだったの』

すでに話を持っていって撃沈していたようだ。

それなら、ほかになにがあるだろう。いくら考えたところで、陽奈子に名案が浮かぶはずもない。二億円という破格の金額は、会社を追われるように退職した陽奈子には夢物語も同然だ。

『じつはね、ひとつだけ可能性のある話があるにはあるんだけど……』

「えっ、そうなの？　どんな話？」

奥の手があるらしいのに、なぜか未恵の声は覇気がない。

『陽奈子、あなたに関係がある話なの』

「私に⁉」

いきなり自分を土俵に上げられ面食らう。

陽奈子がなにをすれば二億円を捻出できるというのか。まったく想像もつかず、陽奈子はしばらくフリーズしたようにポカンと固まった。

翌日、仕事が休みの陽奈子は、電車を乗り継いで実家へ帰ってきた。

未恵から持ちかけられた話は、陽奈子自身に大きくかかわる、いや人生を揺るがすほどのものだった。

そのため昨夜は一睡もできず、目がらんらん。ひと晩経った現在も、興奮状態は続いたままで眠気のねの字も出てこない。そのくらい驚愕《きょうがく》させられたのだ。

五百坪の工場は、今日も金属を加工する音が響いている。その隣に建つ陽奈子の実家は、昔ながらの日本家屋の一軒家である。姉の萌々は結婚して出たため、現在は両親がふたりだけで暮らしている。

玄関を開けると、出迎えた未恵のうしろから萌々も顔を覗かせた。実家の一大事に駆けつけたのだろう。

「驚かせてごめんね、陽奈子」

「うん」

未恵に謝られたものの、多くを返せない。なにしろ実家と工場の存続は陽奈子ひとりの肩にかかっているのだから。

「陽奈、久しぶりね」

姉の萌々が微笑みかける。なんとなく憐れみがにじんでいるようにも見えた。

子どもの頃はよく似ていると言われたものだが、萌々は成長するにつれて美しさが際立ち、街でも有名な美少女になった。目鼻立ちの整った美しさは、結婚した今でも変わらない。

「おねえちゃん、元気にしてた？」

「まぁぼちぼちね」

三人で連れ立ってリビングの大きな和室に入る。そこでは父の豊が神妙な面持ちでどっしりと座っていた。

「お父さん、ただいま」

「ああ、陽奈子。おかえり」

六十二歳の豊は黒く豊富な髪が自慢だったが、今回の借金騒動で気苦労を重ねたのか、白いものがちらほらと交じったようだ。目もとにも老化が進み、涙袋はさらに厚さを増したように見える。

同じ年の未恵はもともとグレーヘアのため、前回会ったときとさほど印象は変わらないものの、やはり少しやつれたようではある。

豊と未恵が並んで座った向かいに、陽奈子はテーブルを挟み萌々と並んで腰を下ろした。

「父さんと母さんは、陽奈子の気持ちを最優先にしたいと考えている。昨日、母さんが話して聞かせた手段は、あくまでも案だ。陽奈子が望まないのであれば、この話は辞退する方向で進めようと思ってる」

和室の空気がピンと張りつめる。

未恵に今回の話を聞かされた後から、陽奈子はずっと考え続けてきた。それこそ一分一秒刻みで。四六時中と言ってもいいほど悩み抜いた。

でも、この家と家族はもちろん、工場に勤める人たちの生活を守れるのは自分しかいない。出した答えは、イエスだった。

最初に話を聞いたときから、もうそれしかないとどこかでわかっていた気がする。

「お父さん、お母さん、私、今回のお話、受けるわ」

「本当にそれでいいの？」

未恵が腰を浮かせて念押しする。

萌々も同様に「陽奈、本当に大丈夫なの？」と詰め寄った。

「うん。だって、私がその人と結婚すればみんなの幸せを守れるんだもの」

――そう。最終兵器ともいえる手段は、陽奈子の政略結婚だったのだ。

「陽奈子を犠牲にして成り立つ幸せなんて、あってはならないんだ」

豊はもともとこの話には、乗り気ではなかったらしい。工場の困窮を耳にした相手が持ちかけてきた話を、二度ほど断ったそうだ。しかし、さすがに三回目にやって来たときには、陽奈子本人の意向を確かめてからという話になったらしい。

そもそも今回の話を持ってきたのは、工場で造られる部品の発注元である『ツキシマ海運』だった。そのため断る筋合いはないに等しい。それでも、御曹司と聞かされた豊は育った環境が違うため嫁いだら苦労をするのではないかと、簡単に首を縦に振れなかったと未恵から聞いている。

「私、犠牲になったなんて思ってないよ。それにお父さんの工場がなくなるのは絶対嫌なの」

陽奈子が生まれたときすでにあった工場は、物心ついたときにはあたり前の存在だった。工場の従業員みんなが家族のようでもあったし、娘や妹のようにかわいがってもらってきた。

それがなくなるということは、陽奈子の居場所を失うも同然。そんな事態にはしたくない。

「本気なのか？　本当に望まない結婚をするつもりか？」

「それを言うならお相手のほうじゃない？」

ツキシマ海運といったら、従業員四十人程度の工場とは比べものにならない大企業。

そんな会社の御曹司が、吹けば飛ぶような工場の娘との結婚を選択するとは、いったいどういう考えがあるのか。ほかにいくらでも良家の令嬢との縁談があってもおかしくない。

「いや、お相手の月島《つきしま》家たっての希望なんだよ」

「私との結婚が？」

「そうなのよ、陽奈子。社長さんの代理の方が何度かうちに足を運んでくださってね」

昨夜話を聞いたとき、陽奈子はこちらから取引先のツキシマ海運に借金を肩代わりしてもらえるよう願い出たのかと思っていた。そしてその結果、自分との縁談が進められたのだと。

しかし、そうではないという。

お相手について詳しいことはなにひとつ聞かされていないが、もしかしたら規格外に年の離れた男の可能性もある。たとえば、父と娘といってもいいくらいの年の差だとか。

いや、それならまだいいかもしれない。それこそ六十代、七十代の可能性だってある。もしかしたら妻と死に別れ、陽奈子とは再婚だとか。でなければ、陽奈子との縁談を進める必要のない相手だ。

だからといって今さら嫌だと言うつもりはないけれど。

「もちろんツキシマ海運にも目論見はあるんだ。うちで開発したばかりの船舶の部品の特許を出願したいとね」

「えっ！　お父さんが開発した部品の特許を⁉」

それで合点がいく。その収入だけでも莫大になると見込んだのだろう。

「そんなの許しちゃっていいの？　大切な特許権なのに」

「それよりも守るべきものがあるからね。ただ、陽奈子まで巻き添えにするのが気がかりなんだ」

豊はまだ納得がいかないようで、眉をひそめて気難しい表情を見せた。

「私は本当に平気」

これもまた運命。それに身を任せるのもいい気がする。

そもそもろくに恋愛経験もないのだ。そんな自分を嫁にもらってくれるというのだから、ありがたく受けよう。

しかも大企業の御曹司。……年齢がどうかはさておくけれど。

安全な道ばかり選んできた陽奈子が初めてする、一か八かの勝負ともいえる選択だった。

「それじゃ、その方向で話を進めていいんだな？」

「これでお父さんが負った借金は帳消しになるんでしょう？」

豊の確認に、確認で返す。

「ああ。ツキシマ海運が肩代わりをしてくれる」

「よかった。結婚の話、よろしくお願いします」

陽奈子が頭を下げたところで、家のチャイムが鳴る。来客のようだ。

「誰かしらね」

首をかしげながら立ち上がった未恵が玄関へ向かう。

早速、ツキシマ海運に連絡でもするのか、豊も未恵を追ってリビングを出ていった。

「陽奈は相変わらずお人よしなんだから。会ったこともないような男と本当に結婚するつもりなの？」

ふたりきりになるのを見計らったように萌々が口を開く。

「お人よしって褒め言葉じゃないんだってよ？」

つい別なところに反応すると、萌々は「はぁ」と重いため息をついた。

「やあねぇ、そんなのあたり前じゃない」

「おねえちゃん、知ってたの？」

もしや知っていて当然だったのか。知らぬは本人ばかりというやつだろうか。

陽奈子が目をパチクリとさせていると、萌々はあきれた目で見つめ返した。

「それより陽奈、本気なの？」

「うん。工場がなくなるのは嫌だし、お父さんが借金で首が回らなくなるのも嫌だから」

「だからって、陽奈がつらい思いをして結婚する必要はないと思うの」

「つらい思いはしてないよ」

陽奈子にしてみれば逆なのだ。工場と父親や家族が安泰なら、それが一番。

「恋人とかいないの？」

そう聞かれて浮かびそうになった顔を急いで頭の隅に追いやる。

彼は恋人ではない。好きでもない。たまたま出会っただけの相手だから、もう二度と会えない。フルネームすら知らない人だ。

「いないよ。ずーっとひとり」

好きな人がいて泣く泣く嫁ぐならともかく、そんな相手はいない。

「本当だったら長女の私がなんとかしなきゃならないのにね」

「おねえちゃんだったら逃避行しちゃうんじゃない？」

萌々に今回のような縁談がきたら、きっと全力で逃げるだろう。

「それじゃ私が無慈悲みたいじゃない」

「そうじゃなくて、おねえちゃんは自分をしっかり持っているって話」

「まあね、たしかに逃げるだろうな」

萌々があっさり認めるものだから、陽奈子は噴き出した。

「それならやっぱり私に結婚の話が回ってくるでしょう?」

「それもそうね」

陽奈子と萌々は顔を見合わせてクスッと笑った。

そのとき不意に慌てたように歩く足音が廊下から響いてくる。なにかあったのかと萌々と揃って目を向けると、勢いよくドアが開いた。

豊と未恵が続けざまに顔を出す。なぜかふたりとも落ち着かない様子だ。

「陽奈子」

まずは未恵がそう言い、豊が続いた。

「お相手が見えたんだ」

声まで裏返っている。

「お相手って?」

対照的に陽奈子がのんびりと返すと、ふたりの声がハモった。

「陽奈子の結婚相手」

「えっ⁉」

今度ばかりは陽奈子まで素っ頓狂な声になる。

ツキシマ海運の御曹司がここへやって来たというのか。

萌々に至っては声すら出ない様子だ。

「今日、陽奈子とうちで話し合いをするって先方にお伝えしていたのよ。そうしたら、今日は代理の人じゃなくて本人がお見えになったの」

未恵は、どこか興奮気味だった。

「それもね――」

「母さん、ともかくお通ししよう」

弾む声でなにかを言いかけた未恵を豊が遮る。本人が突然、訪問してきたのだ。慌てて当然だろう。ふたり揃って玄関へ向かう。

まさか今日の今日で相手に会うとは、陽奈子も思いもしなかった。後日改めて顔合わせの場をセッティングするのだとばかり思っていた。

気持ちの整理はまだ十分ではないが、とにかく会わないわけにはいかない。陽奈子は、急いで居住まいを正した。

途端に緊張が押し寄せてくる。心の準備が整っていない段階でいきなり相手と対面になるとは。

おじさんか、それともおじいさんか。まだ見ぬ相手をほんの数十秒の間に妄想する。心臓はドクドクと異様なスピードで動いていた。

「どうぞお入りください」

未恵の声の後に続き、相手の声が聞こえてくる。

「ありがとうございます」

声だけ聞いているぶんには若そうだが、なにしろ緊張しているため顔を上げられない。陽奈子の向かいの席に現れた相手をうつむきがちに見た。

初夏にふさわしいライトグレーのスーツにブルー系のシャツ。ネイビーのネクタイは白のドット柄だ。声だけでなく格好からしても若い。大企業の御曹司というワンランク上の雰囲気も醸し出している。

隣に座っている萌々から「嘘でしょ……」と小さな声が漏れた。当然ながら萌々も今日が初対面だ。

でも、なにがどう嘘なのだろうか。声や格好に見合わずご老体なのか。はたまたその逆で、大学生くらいの年齢なのか。

「月島さんから見て左側が陽奈子です」

「ひ、陽奈子です。初めまして」

未恵に紹介されて、急いで頭を下げる。

「初めまして、陽奈子さん。月島貴行です」

ゆっくりと頭を上げていく途中で、覚えのある名前が耳に届いた。

〝タカユキ〟？　こんなところで、あの彼と同じ名前の人と会うとは。

ゆっくり目線を上げていった陽奈子は、相手の顔を捉えたところで身動きを封じ込められた。目を見開き、口は半開き。幽霊でも見たような感覚だった。

貴行だったのだ。

ど、どういうこと⁉

彼が陽奈子の結婚相手だというのか。

頭の中はパニック。それこそ縦横無尽に車が行き交うような状態とでもいったらいいのか。事態がまったくのみ込めない。

驚く陽奈子と対照的に、貴行は落ち着き払った様子だ。口角をわずかに上げ、穏やかな表情で陽奈子を見ている。

「陽奈子ったらどうしたの？」

「えっ、あ、うん……」

　未恵に声をかけられ、ようやく言葉が途切れ途切れに出てくる。それでもまだ混乱の真っただ中だ。

「月島さん、すみません。この子ときたら、月島さんに見とれたようで」

「いえ、お気になさらず」

　貴行は冷静かつスマートに返す。

　ここでマルタ島での話を持ち出さないのは、豊と未恵には旅先で会ったことを知らせていないのだろう。初めて会った体裁を崩す様子はない。

　もしもマルタ島で会ったときにフルネームを聞いていたら。いや、いくらそうでもツキシマ海運と結びつけられはしなかっただろう。自分とは縁遠い世界の人間だから。

「陽奈子、こちらがさっきお話しした方よ」

「ツキシマ海運で社長をしております。一年前に父が他界し、社長職を引き継いだばかりの若輩者ですが」

　貴行は仰々しく口上を述べた。

　陽奈子はそれに「はぁ」と気の抜けた返事しかできない。

マルタ島で会った貴行が、かのツキシマ海運の社長だったとは。陽奈子の結婚相手になる人だとは。驚きの連続で頭の中がまとまらない。

「先ほどご両親からお返事を聞かせていただきましたが、私との縁談を進めてくださると思ってよろしいでしょうか?」

「は、はい……」

蚊の鳴くような声になった。

「陽奈子、しっかり返事なさい。月島さん——いや、貴行さんに失礼だぞ」

豊に軽く叱責され、背筋をピンと伸ばす。

「はい。よろしくお願いいたします」

陽奈子はカチンコチンに固まった上体をなんとか傾けた。

その後、陽奈子を除いた四人は和やかなムードで歓談をしたものの、陽奈子はそのときのことをあまりよく覚えていない。貴行が持参した高級パティスリーのケーキに舌鼓を打ち、気づいたときには貴行が運転する車の助手席に乗っていた。当然ながら、乗った経験のない超高級セダンだ。ひとり暮らしをしているアパートへ貴行が送り届けてくれるという。

「久しぶりだな、陽奈子」

ふたりきりになって最初に口を開いたのは貴行だった。一ヶ月ぶりの再会だ。

「……いまだに状況がよくわからないんですが」

「わからない？　陽奈子は俺と結婚する。単純明快な話だろう」

「結婚はわかるんです。うちの借金をツキシマ海運が肩代わりしてくださるのが条件なのも」

そこに現れたのが貴行なのが理解不能なのだ。

ツキシマ海運と仕事上の取引があるのは知っている。豊の工場の製品のほとんどが、ツキシマ海運で使われているものだということも。

その御曹司が、マルタ島で出会った貴行なのが信じがたい事実なのだ。こんな偶然があるのだろうか。

「ツキシマにとっても、陽奈子のお父様の持っている技術はとても価値のあるものだ。つまり今回の結婚は、ウィンウィンの関係性にある」

お互いに利益や価値のあるもの。貴行はそう言いたいらしい。

「だけど貴行さんは私でいいんですか？」

空港に見送りにこなかったのは、あの場限りで終わりのものだという答えなのではないか。そんな陽奈子を結婚相手に選んでいいのか。陽奈子はともかく、大企業の社長のうえ容姿端麗な貴行なら相手に困らないだろうに。

「陽奈子は？　陽奈子はどう考えているんだ」

「私は……父の工場を守れるならそれで」

それが一番だ。なによりも大きな目的。

「陽奈子らしいな。まぁ陽奈子ならそう考えるだろうなと踏んではいたが」

「……お人よしって言いたいんですよね？」

「いや。優しいと言いたい」

信号待ちで止まったタイミングで、貴行が陽奈子を見る。

どこに本音があるのかわからない。そんなまなざしだった。

「空港に見送りにいかなくて悪かった」

「……いえ」

答えるのが遅くなったのをひどく後悔した。これでは陽奈子が空港で貴行を待ち焦がれていたみたいだ。

「あ、えっと、そうだったんですね。じつは私、空港に着いてすぐに搭乗手続きを済ませて、一番乗りで飛行機に乗り込んだので」

慌てて付け加える。

最初から来るとは思っていなかった。見送りにきてくれたとしても会えなかったと言いたかった。

本当はギリギリまで待って、最後に乗り込んだくせに。

「そうか。待たせていたら悪いと心配してたんだ」

「いえいえ。本当にもう全然大丈夫ですから。私のほうこそ、かえってごめんなさい」

記憶を塗り替えよう。あのとき空港で、陽奈子は貴行を待ってなどいなかった。

さっさと飛行機に乗り込み、マルタ島を飛び立ったのだと。

「ともかく、この結婚はお互いの利害が一致したうえでのものになる」

「はい。父を救ってくださってありがとうございます」

そのひと言に尽きる。

「アパートで荷物の準備ができたら連絡をくれ」

連絡先の交換は、呆然としているうちに萌々が陽奈子のバッグからスマートフォンを取り出し、手早く済ませていた。

「……荷物の準備って？」

「ふたりの新居に運び込むものがあれば、それをまとめておくようにって話だ。さっき話しただろう？」

まさか聞いていなかったのか？とでも言いたげな口調だ。

「え⁉ もう一緒に暮らすんですか？」

「結婚式を終えたら、すぐに暮らせるように準備したほうがいいだろう？」

「まぁそれはそうですけど……」

「その分だと、日程も耳に届いていないようだな」

日程とは、つまるところ結婚式の日取りという話だろうか。それももうすでに決まっているというのか。

「六月に入ってすぐの日曜日を予定している」

頭の中でカレンダーを思い浮かべて指折り数え、信じられない思いに包まれる。

「二週間とちょっとしかないじゃないですか！」

「心配するな。互いの家族と近い親戚を呼ぶ程度だ。ホテルなどじゃなく、自宅の庭で簡単にお披露目する」

「で、ですが……！」

あまりにも早すぎてついていけない。

「陽奈子のご両親も納得してくださっている。多くの従業員を抱える企業の代表として、なるべく早く身を固めたいんだ」

世界に名を轟《とどろ》かせる大企業であれば、妻帯者であるのは信頼度も違うのだろう。そう考える貴行を理解できなくもない。

ただ、ひとつ気がかりがある。

「結婚の日取りはわかりました。ひとつ確認したいんですけど、仕事は辞めないとダメですか？」

オーシャンズベリーカフェには再就職したばかり。これからどんどん仕事を覚えて、早く一人前になれるようにと努力をしていたところ。中途半端な形で尻切れトンボのごとく辞めるのは、できれば避けたい。

「それは陽奈子に任せる。続けたければ続ければいい」

「それじゃ続けさせてください」

結婚の話が持ち上がってから決定するまで、わずか一日足らず。結婚式を挙げるまでの日数も二週間と少しときている。迷っている暇も深く考える時間もない。

怒涛《どとう》のごとく訪れた展開に戸惑いながら、陽奈子は貴行の運転する車の助手席のシートに深く身を沈めた。

ツキシマ海運の砦

創業六十年のツキシマ海運は日本経済の中枢ともいえるビジネス街に三十五階建ての本社ビルを構えている。創設者は貴行の祖父であり、父親同様すでにこの世を去っている。

主に一般消費財を輸送する一般貨物輸送事業や自動車や原油などを輸送する不定期専用船事業、グローバルな拠点間を結ぶネットワークを活用した物流事業を運営する会社であり、従業員数は世界各地に十二万人を数え、安全で高品質な輸送サービスを提供している。

三十五階の役員専用フロアにある社長の執務室では、貴行が秘書の高畠歩美《たかはたあゆみ》とスケジュールを確認していた。

「六月の社長の結婚式なのですが、お取引各社からお祝いはどうしたらいいかとの問い合わせが多数入っております。いかがいたしましょうか」

歩美は切れ長の目を貴行に向け、小首を少しだけ傾けた。

今年三十歳になる歩美は入社してから秘書室に所属し、専任の秘書として仕えるのは貴行が初めてである。

長い黒髪をおだんごにしてまとめ、一重まぶたの目のキリッとした美人なうえ頭もよく切れる。入社後まもなく結婚し、すでに二歳になる娘の母という顔も持つ。

保育園の迎えがあるため、今は午後四時までの育児時短勤務を取得しており、それ以降は用事があれば別の秘書が貴行の補佐をしている。当初は別の秘書に交代したほうがいいのではないかと秘書室長から打診があったが、真面目に仕事をこなす歩美を解任する必要はないと断った。

「お祝いはすべてお断りしてくれ。会社とは関係のない私的なことだ」

結婚の話をわざわざ公表したわけではないが、あっという間に関係先には知れ渡ったようだ。

披露宴は親族だけを招待した、ごく小さなもの。陽奈子は今後、妻同伴のパーティーなどがあったときに紹介しようと考えていた。

「承知いたしました。では、すぐに文書を手配いたします」

「よろしく頼むよ」

「それから、つい先ほど、『高円商船《たかまどしょうせん》』の坂田《さかた》社長よりお電話がありました」

高円商船もツキシマ海運同様、世界に海運事業を展開している会社である。規模も年商もツキシマ海運のほうが上だが、歴史は古い。

社長に就任した一年前、貴行は定期コンテナ船事業を統合し、持株会社を設立してはどうかと提案。高円商船と『モリ・ミラクルタンカー』に打診している。

コンテナ船事業は海運事業における定期部門の大部分を占めているが、ここ数年市況は停滞している。世界経済の減速で荷動きがスローダウンする中、船舶の余剰感が高まり運賃が急落したのだ。

そこで貴行は英断。統合により効率化やスケールのメリットを生かし、停滞する市況を乗りきるというものだ。

しかし何兆円にもなる規模の商談のため、話はそう簡単に進まない。三社間の出資額の割合や新会社の役員人事。互いの主張がぶつかり合い、話し合いは難航を極めている。

このままでは日本における海運事業に未来はない。現に、半年前には当時世界第八位であった中国の海運会社が経営破綻している。日本国内におけるシェアで争っているときではないのだ。

国内トップのツキシマ海運が強引に働きかければ、高円商船とモリ・ミラクルタンカーの二社に有無を言わせず同意させることは可能。だがそれは、貴行の流儀に反する。強硬に事を進めて、今後の企業運営になにかしらの影響を残すのは得策ではない。といいつつ、陽奈子との結婚はある意味、強行突破。彼の流儀に反するのだが。

「坂田社長の用件は？」

「近々、経理部の取締役の方をお連れし、お会いしたいとおっしゃっておりました」

「じゃ、日程の調整を頼む。この後の予定は？」

丁寧に頭を下げた歩美に聞き返す。

「各部の部長とのミーティングが入っております。船舶燃料油の硫黄分の規制について話し合いの場をと」

「場所は？」

「隣のディスカッションルームでございます」

歩美に「オッケー」と答え、プレジデントチェアから立ち上がる。

来年から、船舶の燃料油に含まれる硫黄分の濃度規制が強化されることになっている。規制値が現行の三・五パーセントから、〇・五パーセント以下とする大幅な削減値だ。

すべての船舶が、この規制に適合する燃料油を使用するか、従来通り高硫黄C重油を使用する代わりに、排出される有毒ガスを処理する排ガス洗浄装置を導入するか、もしくは液化天然ガスなど油以外の代替燃料を使用するか、これら三つのうちのいずれかの対策を講じなければならない。

どの対策を選択しても、海運事業者にとっては痛いコスト負担となる。

ディスカッションルームには、すでに各部長たちが顔を揃えていた。貴行が入室すると全員が立ち上がり、頭を下げた。

「では、早速始めさせていただきます」

輸送営業本部の部長である高井《たかい》の音頭で会議がスタートする。

「まずは、規制に適合する燃料油の使用の是非についてですが、硫黄分の含有量が低い低硫黄C重油や軽油は、従来のものより割高なのはみなさんもご承知かと思います」

「具体的に高硫黄C重油を低硫黄C重油や軽油にすると、今よりどのくらい高くなる？」

貴行が高井に質問を投げかける。

「専門部会によると、およそ一・四倍程度の上昇だと見られています」

一・四倍となると、相当な負担増だ。

貴行は腕を組み、深く息を吐き出した。

「排ガス洗浄装置を導入する場合だとどうなる？」

「装置を設置すれば、当然従来のものを継続使用できますが、設備投資に十億円程度の資金が必要になります。ただ、三年以内に投資回収が可能との試算もあり、より現実的かと」

「まぁ待て。機器自体が大きいうえ、重量も相当あるだろう。そうなると、付帯的な設備も必要になる点がネックだな」

貴行の意見に部長たちも大きくうなずく。

ただ単にその装置を船に設置すれば済むという問題でもない。

また、将来、二酸化炭素の削減規制まで加わったら、その装置は使い物にならなくなる。というのも硫黄分の対策を実施したとしても、重油の燃焼で発生する二酸化炭素の量は大きく変化しないからだ。

「となると、やはり代替燃料の線でいくしかないのかもしれないな」

液化天然ガスを使用する船舶の導入が、一番理にかなっているだろう。

「ですが社長、代替燃料にする場合は、従来の二倍から三倍の大きさの燃料タンクや再液化装置など、エンジン以外の設備投資が必要になります。それに、新規に造船する場合、少なく見積もって一五パーセント、多いと五〇パーセント増という見解もあります」

高井が異を唱える。設置コストに関してだけ言えば、たしかにどちらも同程度。

「だが、調達コストは規制に適合する低硫黄重油と比較すると、液化天然ガスのほうが二〇パーセントは安いはずだ。今後も今回のような環境規制が見込まれるだろうから、排ガス洗浄装置を設置するよりは、液化天然ガスを使用する方向に舵を切るべきだろう」

コストをかけて排ガス洗浄装置を導入しても、数年後に今度は二酸化炭素の削減規制が加われば、それらは無駄な投資になる。

「先手を打って将来のコスト回避を実現する方向でいきたいが、みんなはどう考える？」

きっぱりと意見を述べた貴行にほかの部長たちも追随する。

排ガス洗浄装置を推していた高井も、将来を見据えた貴行の意見を聞き、しばらく考えた後に賛成に転じた。

「それから、前回のミーティングでも伝えたが、ツキシマ海運のシステムを見直したいと考えている」

「では、『システムティービズ』はいかがされますか？」

システムティービズは現在、ツキシマ海運のシステム全般に対応している外資系の

ＩＴ企業である。

「今のシステムを改変してもらうか、まったく別のものを設計していくか、もう少し話を煮つめよう。システムティービズをどうするかはそれからだ」

「承知いたしました」

高井の返事に続き、部長たちもそれぞれうなずいた。


三十分ほどのミーティングを終え、部屋を出た貴行は歩美を振り返った。

「いつもの場所にいるから、なにかあったら連絡をよろしく」

向かうは地下一階。めったに人が立ち入らない最深の部屋だ。

エレベーターで一気に下り、幾分か照明の暗い通路に靴音を響かせる。ノックをすると、ほどなくして開錠する音が中から聞こえた。

「おっと社長さん、今日は早いお出ましじゃないか」

顔を出した男が冗談めかして口笛を軽く吹く。

部屋の中は明かりが落とされ、何台ものモニターが青い光を放っていた。

「相変わらず暗がりが好きだな」

貴行がライトのスイッチを押すと、男はまぶしさで目をくらませた。

彼の名は藤谷誠《ふじたにまこと》。貴行の幼なじみである。ツキシマ海運の本社内にいるが、社員ではない。

「首尾はどうだ？」

「俺を誰だと思ってる？」

ずらりと並んだコンピューターの前まで歩きながら貴行が尋ねると、質問で返してきた。

「家出人クラッカーといったところか」

鼻をふふんと鳴らしながら答える。

「聞こえが悪いな。家出は昔の話だし、〝元〟クラッカーだ」

誠の家は代々続く華道の家元だが、その昔、後を継ぐのを拒否した彼は家出同然で飛び出した。その後は得意のコンピューター技術を使ってクラッカーとして闇の世界で有名になったが、あるときを境にホワイトハッカー――コンピューターやネット環境に関する知識を善良な目的に活かす者――に鞍替え。今は頼まれるその〝指先〟で大企業を相手にセキュリティシステムを構築している。

誠はキャスター付きの椅子をすべらせ、真ん中のコンピューターの前に陣取った。スクエア型の黒縁眼鏡にモニターの光が反射する。

大型化と電子化が急速に進んでいる海運業界では、航海だけでなく港での迅速な荷下ろしや取り扱い、追跡までシステム連携が図られるようになった。

その一方で、サイバー脅威への対応が遅れているのが現状。あやうい綱渡りのような脆弱《ぜいじゃく》なシステムは、いつ何時サイバー攻撃をされてもおかしくない状態と言える。

実際、公表こそされていないが被害も何件か確認されている。それが公にされないのは、金銭を失うよりも評判を重視するためである。もっとも、脆弱なシステムゆえにハッキングされたと気づかない企業も少なからずあるだろう。

五年前、ツキシマ海運では輸送途中の船舶が大型タンカーと接触するという海上事故があった。航海士のヒューマンエラーが原因として処理され、責任を感じた彼は一ヶ月後に自らその命を絶つという最悪の結末を迎えている。

ところがその後の調査で計器に異常が見つかり、航海士にはなんら責任がないと発覚。大きな損害賠償問題に発展した過去がある。

そういったトラブルは企業の信用問題に大きくかかわるもの。二度とあってはならない事故である。システムへの侵入も同様だ。

世界の輸送の九十パーセントは海路を使って行われている。それゆえ、ハッキング一件あたりの被害額は数百万ドルにも及ぶといわれ、場合によっては国家経済を破綻させる可能性もはらむ。

貴行はツキシマ海運の社長に就任したときから、どんな小さな〝ネズミ〟の侵入も許さない、強力かつ緻密なシステムを構築させようと考えていた。

そんな矢先。情報システム部からハッキングの痕跡があると報告があり、貴行は急いでマルタ島へ飛んだ。そこで悠々自適に暮らすホワイトハッカーとして名高い幼なじみ、誠に会うために。

地下のこの部屋は急ごしらえとはいえ、ツキシマ海運の未来を担う、いわば重要な砦である。社内でも秘密裏に進められている。

「六月最初の日曜日は予定を空けておけよ」

「なんで」

ぶっきらぼうな返答が誠の口から飛び出す。

「話しただろう？　俺の結婚式だ」

「あぁ、マルタ島で見かけた例の彼女が相手だったな。でも俺、お前の母親はともかく、伯母《おば》さんが苦手なんだよな」

「そう言うな。幼なじみの仲だろ？」

貴行は誠の肩をトンと叩いた。

実家が隣同士の誠とは、それこそ生まれたときからの腐れ縁だ。

母親同士が仲よかったこともあり、ふたりが親しくなるのは必然。小中高と同じ学校に進み、大学だけは離れたが、今はこうして貴行が誠に仕事を依頼するような友好関係である。

「とにかく祝儀は弾むから、出席だけは勘弁してくれ」

「つれない幼なじみだな」

「俺はそういう男だ。それにしても、いくら彼女の父親の持つ技術が欲しいからって、よく結婚なんかに踏みきったもんだよ。あれだけさんざん持ち込まれた縁談だって、全然聞く耳をもたなかったのに」

キーボードの上を誠の長い指先が華麗に舞う。早いキータッチとともにモニターにはコードが延々と流れていく。

「いろいろ考えるところがあるんだ。誠にもそのうちわかるときがくるだろ」

「なんだよ、その達観したような言い草は」

誠はいったん手を止めて、貴行をにらみ上げた。

「それで例のヤツの追跡は？」

話を仕事モードに切り替える。

「いいや、首尾よく逃げられた」

「有名なホワイトハッカーが聞いてあきれるな」

「うるせー。俺に恐れをなして尻尾を丸めて逃げたから、どうにもならないんだ。もっと核心まで潜入してくれれば首根っこごと捕まえてやるってのに」

マルタ島で陽奈子とプールサイドのラウンジにいたときに急きょ入った連絡は、再びハッキングの形跡があったとの報告だった。その夜のうちに誠を連れて帰国する事態になったため、翌朝、陽奈子の見送りにいけなかったのだ。

「ともかく早急にツキシマ海運のシステム強化を頼むぞ」

「アイアイサー」

ふざけた調子で返事をした誠の肩をさっきよりも強く叩き、貴行は〝ツキシマ海運の砦〟を後にした。


翌日のオーシャンズベリーカフェの開店前。立ち上げたパソコンの画面に映し出した六月のシフト表を前にして、大和は陽奈子がつけた希望公休を見て目を見開く。

「陽奈子ちゃんが日曜日に休むなんて珍しいな」

土日はほぼ出勤していた陽奈子が六月最初の日曜日に○を記したのが、よほど目立ったらしい。

「はい、じつは……」

結婚するのなら、職場のみんなに報告するのは義務のようなもの。恥ずかしい気持ちもあったが、思いきって告白する。

「結婚式なんです」

「ご家族の？」

大和がそう思うのも無理はない。なにしろ陽奈子に彼氏がいないのは公然の事実だったから。

「あ、いえ、私のです」

肩をすくめながら小さくボソッと答える。

「えええ⁉　陽奈子ちゃん、結婚するの⁉」

大和は、店中に響き渡る大音量の声をあげた。オープン前でよかったとつくづく思わされる。いくら店の奥のスタッフルームといっても、店内にまで聞こえるほどの大きな声だったのだ。

「彼氏いないって言ってなかった？」

「そうですよね。いませんでした」

今も彼氏ではない。それをすっ飛ばして、いきなりフィアンセ。いや夫になる人だ。

「家の都合で急きょそうなりまして……」

「政略的なもの、って意味？」

「そう、なりますね。はい」

大和はこれ以上ないほどに驚き、今にも椅子から転げ落ちそうになる。

「お相手は？　政略的ってことは、もしかして陽奈子ちゃんってお嬢様だったのか？」

「いえいえ、私はそんなんじゃないです。小さな工場の娘ですので」

急いで否定する。深窓の令嬢などでは決してない。

「お相手は？」

「ええっと、ツキシマ海運の方です」

「……ツキシマ海運？」

大和の目が細められる。大企業だけに大和も当然知っている会社だろう。

「家が絡んでるなら……役員クラス？」

「社長さん……みたいです」

「社長って、亡くなった父親の後を継いだ？」

そこまで知っているとは。

今度は陽奈子が驚く番だったが、大きな会社であればそういった情報も公になっているものだろう。

大和は放心したようになった。顔がほんの少し陰って見えるのは、陽奈子がつり合いの取れない相手との結婚に踏みきろうとしているからか。上司として心配してくれているのかもしれない。

陽奈子はそこでハッとした。

「公にしていいかどうかわからないので、相手が誰かというのはここだけの話にしていただけますか？」

貴行が大々的に発表したかどうかを知らないから、陽奈子の口から結婚の話を漏らすわけにはいかないだろう。なにしろ大企業の社長。情報操作には敏感だろうから。

「わかったよ。とにかくおめでとう。幸せになるんだぞ」

「ありがとうございます」

陽奈子は、大和の激励をめいっぱいの笑顔で受け止めた。

二度目のキスは祈りを込めて

めまぐるしく時が過ぎていく。

結婚式までの二週と少しの間に新居に荷物を運び込んだり、結婚式の衣装合わせに出向いたり。貴行が手配してくれたブライダルエステなるものにも通った。

連帯保証人となった豊が負わされた二億円の借金は、即日、貴行が手配して事なきを得ている。豊が工場の社長であるのは変わりないが、実質的な経営権はツキシマ海運に移ったようなものだ。

身分違いもはなはだしいため、貴行の家族に挨拶に行くときにはありえないほど緊張したが、貴行の母・阿佐美《あさみ》は拍子抜けするくらい気さくな人柄だった。

一点だけ驚かされたのが、そのファッションセンス。六十歳を目前にして花柄でふりふりという、姫スタイルだったのだ。

貴行から事前に『会っても驚かないように』と忠告されたものの、まさかそうくるとは思わず家族三人ともすぐには言葉を見つけられなかった。

年齢よりもずっと若々しくかわいらしい顔立ちのため、似合っているのがこれまたすごい。その容姿に見合ったふんわりとした口調と雰囲気は、名家の出身を思わせた。目の回る忙しさの中、結婚式で着る衣装を準備し、新居に必要な自分の荷物を運び、まさにてんてこまいの日々。猫の手も借りたいくらいだった。

そんな毎日を送っていたある日、陽奈子は買い出しに出かけた街で、オーシャンズベリーカフェの常連客である早紀の姿を見かけた。

ショッピングバッグを提げて歩く陽奈子の目線の先にオープンカフェがあり、そのテラス席に彼女がいたのだ。いつものようにスーツ姿でノートパソコンを開いている。平日の昼間だから営業の途中だろうか。コーヒーを飲もうと顔を上げた早紀も、陽奈子に気づき〝あっ〟という顔をした。

陽奈子が慌てて頭を下げると、早紀が優しく微笑みかける。そして、不意に手招きで陽奈子を呼び寄せた。

え？　おいでってこと……？

その手につられるようにしてふらりと足を進めると、早紀は店内を指差す。中に入っておいでと呼んでいるらしい。

大事な常連のお客をつれなくあしらうわけにはいかず、陽奈子は戸惑いながらも両手に荷物を携えてカフェへ足を踏み入れた。

店員に案内されて早紀のテーブルへ行くと、彼女はノートパソコンを閉じて陽奈子に椅子を勧める。

「こんにちは」

「今日はお店の仕事、お休みなの？」

早紀はショートカットの髪をかき上げながら尋ねた。

「はい。お休みなんです。……小暮さんはお仕事の途中ですか？」

そう質問を返してから、陽奈子はあっと口もとを押さえた。自己紹介をされたわけでもないのに、うっかり彼女の名前を出してしまったのだ。

「すみません。同僚からお名前をうかがっていたものですから……」

「いいのよ、べつに」

気を悪くした様子はなく、早紀は微笑みながら首を横に振った。

「ありがとうございます。私は倉沢陽奈子といいます」

あと数日もすれば、月島の姓になる。

「陽奈子さん、ね。私も早紀でいいわ」

「はい」

誘われるまま彼女の前に座ったはいいが、なにを話したらいいものか。当然ながら店以外で接したことはなく、会話の糸口が見つからずにわけもなく緊張する。注文したアイスコーヒーが運ばれてくると、それを一気に半分まで飲んだ。

「すごい荷物ね」

早紀のほうから話を振られ、心の中で安堵《あんど》する。

「あ、はい。新居で使う食器なんです」

家と家具は用意されていたが、調理道具や食器類は一から陽奈子が揃えることになったのだ。使い勝手のいいものを陽奈子自身が選んだほうがいいと、貴行に言われていた。

「結婚するんですってね。おめでとう」

「えっ？」

どうして早紀が知っているのだろうか。

陽奈子が驚いていると、早紀はふふふと口もとに手をあてて笑った。

「お店の人たちが話しているのを聞いたの。驚かせてごめんね」

「あぁ、そうだったんですね」

陽奈子の結婚は、大和をはじめ店のみんなが知っている。陽奈子がいないときにカウンターの中で話題にでもなっていたのだろう。

「お相手はどんな方なの？」

早紀はノートパソコンをバッグにしまい、テーブルに軽く身を乗り出した。興味津々といった様子で陽奈子の顔を見つめる。

「えぇっとそうですね……」

貴行のなにをどう説明したらいいのかわからない。言葉を探して宙に視線をさまよわせていると、早紀はクスクスと笑い始めた。

「あまりに特徴がありすぎてあげられない？」

「あ、いえ、そういうわけではないのですが……。ひと言で表すと、あまりにも生活レベルが高すぎて、私にはつり合わない人って感じです」

もはやそれしかない。貴行が、庶民の陽奈子とかけ離れた世界にいるのは事実。天秤《てんびん》は極端に傾いているだろう。

「家柄がつり合わないって意味？」

「そうですね。いろいろと事情がありまして」

陽奈子は言葉を濁した。さすがに早紀にそこまで詳しい話はできない。「どんな事情？」と聞かれても、愛想笑いでごまかした。

「早紀さんの彼氏さん、とても素敵な方ですよね」

話題を早紀へと切り替える。

何度かふたりが一緒に来店したのを見かけたが、背がスラッと高く、エリートという雰囲気が漂う男性だ。

「そう？　ツキシマ海運に勤めているの」

「えっ、ツキシマ海運に⁉」

貴行の会社の名前が出たものだから、つい驚いて大きな声になる。

「どうかした？」

「あ、いえ、すみません。……大企業に勤めているなんてすごいなって」

その会社の社長と結婚するとは言い出しづらい。陽奈子はとぼけて返した。

「その彼とは、陽奈子さんのお店が縁で出会ったのよ」

「そうなんですか？」

そんな裏話が聞けるとは思いもしなかった。

「お店で私にひと目惚れしたんですって」

「あぁ、わかります。早紀さん、とっても美人さんですから」

「ありがとう」

早紀は、はにかみながら美しい笑みを浮かべた。

思いがけない暴露話のおかげか、早紀との距離が縮まったような気がする。その後は、早紀の職業ならではの美容の話を聞いたりして、またたく間に時間が過ぎていったのだった。

迎えた結婚式当日。

陽奈子は貴行の実家の洋室で、大きな鏡の前に座っていた。

ヘアメイクも着替えも済んでいる。普段はベースメイクに眉とリップ程度で済ませているけれど、さすがに今日はそうもいかない。

しっかりとアイラインを描き、引き締まった目もとは、いつもの印象とだいぶ違う。これで少しは、男好きすると言われる顔とは違う雰囲気になっただろう。

王道のプリンセススタイルのアップヘアは、ゆるっとしたナチュラルさもあるエレガントなもの。散らしてもらった白い小花がキュートさもプラスしている。

ウエディングドレスは、立体感のあるモチーフレースを使用したオフショルダーのマーメイドライン。肌を露出しすぎず、上品でかわいらしい印象だ。

どんなものが自分に似合うのかわからず、見立ててくれたのは姉の萌々。貴行に見てもらうほうがよかったのかもしれないが、仕事の都合がつかずに結局今日が初披露になる。

控え室にひとりとなり、式に臨む緊張感が徐々に陽奈子を包み込んでいく。

当日を迎えて、本当に結婚するのだと、ようやくその実感が湧いてきた。これまで準備に追われてきたのに、どこか他人事のように感じる部分があったのだ。今やっと、花嫁である自覚が芽生えた気がする。

鏡に映る自分をじっと見つめていると、部屋のドアがノックされた。開いた扉から入ってきたのは新郎の貴行だ。

その姿に、ハッと息をのまずにいられない。

ロイヤルブルーのフロックコートに同色のボウタイを着け、真っ白なシャツとのコントラストが目にもまぶしかった。整髪料できっちりとまとめられた髪がひと筋額にかかり、妙に色気がある。

いつにも増してドレッシーな貴行に、陽奈子は知らず知らずのうちに見とれていた。

貴行はドアから入ったところに立ち、陽奈子は鏡の前で立ち上がった状態で、互いに見入ったまま十数秒が過ぎていく。

「あ、あの……変でしょうか」

我に返った陽奈子が、ドレスのレースを握りしめて尋ねる。

もしかしたら、プリンセスラインのほうが好みだった？　それともAライン？　なんの反応もないのが陽奈子の不安をあおる。せめて写真だけでも事前に見せればよかったと後悔に襲われた。今さら別のドレスは間に合わない。

「いや、そうじゃない。……その、あれだ」

貴行は顎のあたりに手を添えて視線をさまよわせた後、再び陽奈子を見つめた。気のせいか、熱っぽさを感じさせる目だった。

「きれいだ」

ストレートに言われ、反応に困りうつむく。頬が火照ってかなわない。

心臓に落ち着けと命じているうちに、貴行が陽奈子の前に歩を進めていた。

ドレスを掴んでいた手をそっとはずされ、彼の指先が絡められる。ぎくしゃくとした動きで顔を上げていくと、予想外に優しいまなざしがそこにあった。

鼓動がトクンと跳ねる。

「思えばプロポーズもしていなかったな」

唐突に持ち出された話が、陽奈子を少しだけ困惑させた。

「言われてみれば、そうですね」

プロポーズ以前に結婚が決まっていたため、当然といえば当然かもしれない。

「やはりそういうのはあったほうがいいだろ」

裏に〝気持ちは伴わなくても〟という言葉が隠されているように感じ取れた。

「私はどちらでも……」

婚姻届は金曜日に貴行の代理人が役所に提出済み。ふたりはすでに正真正銘の夫婦なのだ。今さらプロポーズ？と思わなくもない。

ところがあやふやな返答を気にも留めず、貴行は陽奈子の名前をそっと呼んだ。とても優しい声だった。

「俺と結婚してほしい」

続けて貴行が放った言葉が、陽奈子の胸に深く響く。

そこに心はないとわかっているのに、ときめきを感じずにはいられない。高鳴る鼓動が耳の奥でその存在をアピールしていた。

「返事は？」

形式的なものにすぎないのに。今さらプロポーズ？と思ったくせに、その言葉の威力を前にして降伏状態だった。

「……はい。よろしくお願いします」

貴行の指先が陽奈子の頬に添えられる。導かれるように見上げると、ゆっくりと貴行の顔が近づいてきた。目を閉じた瞬間、唇が重なって離れる。二度目のキスだった。

「今日はずいぶんとしおらしいな。マルタ島での勢いはどうした」

貴行が軽い口調でからかう。

「なっ……。本当の私はいつもこうなんです。おとなしいんです」

自分の結婚式なのだ。緊張しないほうがおかしいだろう。

「そうだったのか。それは知らなかったな」

「知らなくて当然です。出会って間もないんですから」

回数を数えるのに十本の指で足りる程度だ。

「それもそうだな。ま、これからじっくり知っていけばいいだろう。さぁ、みんなが待っているから行こう」

肩を引き寄せられた陽奈子はうながされるように歩きだし、揃って部屋を出た。

貴行の実家は、都心の一等地にある敷地面積三千坪を超える大邸宅である。

建坪百二十という豪邸は白を基調とした洋館で、敷地内には広い庭はもちろん、プールやジョギングを楽しめるコースなどもあり、一見すると高級なプチホテルのようでもある。

その家を出て、手入れの行き届いたヨーロピアン調の庭へやって来ると、月島家の親族と陽奈子の家族の姿が見えた。青い芝には、この日のために設けた祭壇と、招待客が座るためのしゃれた長椅子がバージンロードを挟み両脇に用意されている。青く澄んだ空と芝、白い祭壇のコントラストが美しい。

椅子に座って待っていた親族たちは陽奈子たちの登場に気づき、感嘆の声を漏らす。すでに神父も控えており、すぐに式が始められた。

豊と歩く赤いバージンロード。その先で待つ新郎のもとにたどり着くと、豊は貴行に陽奈子を託した。

耳に心地のいい神父の声と、隣に立つ貴行の存在が陽奈子の緊張を和らげていく。そのくせ、神への宣誓の場面で胸が異様なほどに高鳴るのはどうしてか。

不意に、マルタ島で貴行と過ごした時間が走馬灯のようによみがえる。

出会いは風が運んだ偶然。カメラがもたらしたもの。

第一印象は最悪だった。麗しい容姿からは考えられないほどの毒舌が、普段怒らない陽奈子をイラつかせた。その口調とは裏腹に紳士的な一面をちらつかせるとは、なんて厄介な男だろう。

最初の印象が悪かったせいで、少しの優しさが何倍も何十倍にも感じるのは一種の罠《わな》。なんて巧妙なトリックなのか。

そんな中での突然のキスと翌日のドタキャンは、持ち上げられて一気に地へ突き落とされた気分だった。

そうかと思えば、いきなりの再会と結婚。貴行と出会ってからの陽奈子は、まるでジェットコースターに乗っているような感覚だ。右へ左へ体を振られ、突然の宙返り。そして今は、長い坂を上って頂点を目指している最中。この後に急降下があるのか、それとも緩やかな道が続くのか。現段階では陽奈子にもわからない。

ベールを持ち上げられて誓いのキスを交わす瞬間、貴行と視線が絡まる。なにを思っているのか読み取れなくても、かすかに熱だけは感じ取れた。

きっとそれは、この場が結婚式だという高揚感のせいだろう。マルタ島で不意打ちにされたキスのように、雰囲気が気持ちを盛り立てているだけ。

貴行は微笑みを浮かべてから、陽奈子にそっと誓いのキスをした――。

滞りなく式は終わり、そのまま庭での立食パーティーとなった。

ビュッフェスタイルのため、それぞれが思い思いに料理を楽しんで歓談している。

「俺のそばにいれば大丈夫だから。不安に思う必要はない」

陽奈子の親族は家族三人のみ。対する貴行は総勢三十人にも及び、アウェー感が半端ない。

その中でも圧倒的なオーラを放っていたのは、貴行の亡くなった父親の姉、智子《ともこ》だ。ひまわりのようなイエローのパンツスーツを身に着け、パーマでボリュームを持たせたショートカットのヘアはパープル。ふくよかな体型も手伝い、貴行とは別の意味で遠くからでも目を引く人物だった。

「貴行、いったいどういうつもりなの？　私が厳選した縁談には目もくれなかったのに、いきなり結婚なんて言うんだもの。いったいどこのご令嬢かと思ったら……ねぇ」

智子が陽奈子を上から下までざっと眺め、見下したような言い方をする。ツキシマ海運とはつり合いが取れないと言いたいのだろう。

おそらく彼女がこれまでに用意していた縁談は、ツキシマ海運に大きな利益をもたらすような大企業や政治家の娘だったろうから。智子の様子から、貴行と陽奈子の結婚に納得していないのは手に取るようにわかった。

「あんまり美しいから、伯母様を驚かせたようですね」

貴行はあえてそう返し、余裕の笑みを浮かべる。

「た、貴行さんっ……！」

智子を怒らせるのではないかと思い、陽奈子は慌てて貴行の腕を掴んだ。実際に、智子の鼻の穴が大きく膨らむからヒヤヒヤする。

ところが貴行はその手に自分の手を重ね、大丈夫だといったようにトントンとした。

「私へのあてつけのつもりなのかしら?」

ものすごい威圧感が智子から漂ってくる。

「伯母様がご紹介くださるのは、自己中心的で傲慢、自分を着飾ることでしかアピールできないような女性ばかりでしたから。他人を思いやれるような人でないと、トップに立つ人間を支えられません」

「まぁ! ずいぶんとわかったような口をきくようになったものね」

智子がカッと見開いた目は、白い部分がほんのりと血走っていた。

激しい口論に発展するのではないかと、陽奈子が大きな不安に駆られたときだった。

「お義姉様《ねえさま》」

その場に不つり合いな優しい声がかけられる。貴行の母、阿佐美だった。

「ハレの日なのに、なにをそんなに興奮なさっているの?」

「阿佐美さんったらのんきなんだから。貴行の結婚相手は私が見つけるって言っておいたでしょう? それなのにどこの工場の娘だか知らないけど、いきなりこんなふうに結婚式を挙げるだなんて。月島家始まって以来の大事件だわ」

「落ち着いてくださいな。陽奈子さんは、とても素敵なお嬢さんよ。だから私も賛成したんですから」

殺伐とした空気が、阿佐美の登場により一気にほんわかとしたものになる。

「それにね、とっても英会話がお上手らしいの。海外を相手にする海運業の社長夫人に、こんなにふさわしいお嬢さんはいないわ」

恥ずかしいほどの褒め言葉に、陽奈子は恐縮するいっぽう。

阿佐美はなだめるように背中をさすりながら、陽奈子たちの前から智子を引き離していく。去り際に陽奈子に〝大丈夫よ〟と目配せをよこした。

そこでようやく陽奈子はホッと息をつく。

「悪かったな」

貴行に謝られ、「いえいえ」と首を横に振った。

こういった事態はある程度予想していたものだ。家柄が違うから仕方のない話だろう。二億円の借金を肩代わりした話も伝わっているだろうから。

智子だけでなく、ほとんどの親族が今回の結婚に心から賛成していないのは、冷ややかな態度から伝わってきた。

貴行の母親が味方についてくれているのが、せめてもの救いだ。そしてそれは、なによりも心強い。

智子とのやり取りを見ていた萌々が、抜き足差し足といった滑稽な様子で陽奈子のもとへやって来た。身内の顔を見ると、肩から力が抜ける。

「陽奈子、大丈夫だった？」

「うん、平気」

実際には迫力のすごさに体が金縛り状態だったけれど。阿佐美が助けに入らなかったらと思うと、ちょっとした恐怖だ。

「お父さんもお母さんもビビっちゃって、隅のほうに隠れるようにしてるよ」

萌々の視線をたどっていくと、その言葉の通り、ふたりは隅の椅子に所在なく座っていた。完全にのけ者状態だ。そんなふたりを見て、陽奈子も肩身が狭く、寂しい気持ちになる。

「萌々さん、申し訳ありません。ちょっとお義父様《とうさま》とお義母様《かあさま》のところに行ってきますので、少しの間、陽奈子のそばにいてもらえますか？」

「あ、はい」

萌々の返事を聞くや否や、貴行が陽奈子の両親のもとへ早足で向かう。それに気づいた豊と未恵はいそいそと立ち上がった。

貴行の言葉に頭をかいたり声を立てて笑ったりするふたりを見て、胸をなで下ろす。

楽しげに話す様子をなんとはなしに眺めていると、萌々に肘で小突かれた。

「貴行さん、優しいところがあるじゃない」

そうなのだ。貴行は意外にも優しい。

重要な部品を作っているとはいえ、下請けの工場経営者である陽奈子の両親を下位に見ず、気にかける姿には陽奈子も感心させられる。

「イケメンで気遣いもできるうえ社長なんて、優良物件もいいところだわ。こんなことなら、結婚しなきゃよかったな」

「おねえちゃんは、政略結婚は嫌って言ってたじゃない」

「ええ？　そうだった？」

萌々が盛大にとぼける。

「そうよ。絶対に逃げるって」

「それじゃ、それは撤回。ねぇ陽奈子、今から旦那様をチェンジしない？」

冗談めかして小首をかしげた萌々は、最後にペロッと舌を出しておどけた。

「それはいいとして、お屋敷もすごいけど、貴行さんの親戚がみんなすごいね」

その〝すごい〟には、さっきの智子はもちろん、〝派手〟といった意味も含まれているのだろう。

式を終えて改めて見た女性陣の姿には、陽奈子も自分の目を疑ったほど。もしかしたら有名なデザイナーがデザインしたものなのかもしれないが、原色系のカラフルで奇抜な衣装は主役の陽奈子よりも目立っている。

初めて貴行の母、阿佐美に会ったときに驚かされたものの、こうして親戚一同を見ると、阿佐美が一番落ち着いているようにすら思える。淡いピンクという色合いのせいか、ヒラヒラのレースがあしらわれたプリンセスラインのワンピースさえおとなしめに見えるのだからよっぽどだ。

「政略結婚かもしれないけど、貴行さんはきっと陽奈子を大切にしてくれると思う」

そう言った萌々に、陽奈子は返す言葉を見つけられない。

優しいところのある貴行なら、萌々の言うように大切にしてくれるだろう。でも好きになってくれるかどうかといったら、確率はかなり低いと覚悟しておかなければならない。なにしろ政略結婚。本人たちの気持ちの優先順位は低いから。

でもそれは陽奈子も同じで、貴行を好きかと問われたら即答はできない。

キスをされても嫌だと感じなかったのだから、少なくとも嫌いではないけれど……。

それなら、と陽奈子はふと考える。ふたりで想いを育てていけばいい。幸せな政略結婚にすればいいのだ。少しずつ近づいていこう。

陽奈子は改めてそう誓った。

午後一時から始まった結婚式を終え、着替えを済ませたふたりは新居にやって来た。

陽奈子たちの新居は貴行の実家の広大な敷地内にあり、結婚を見越して一年前に建てられたものだ。実家同様に白を基調とした外観はスタイリッシュで、高原に建つ近代美術館のようである。

地上二階、地下一階の建物内部にはリビング・ダイニングのほかに六部屋あり、バスルームにいたっては三ヶ所。ふたりで住むには広すぎる気がしてならない。

世界で活躍する人気インテリアデザイナーにコーディネートしてもらったという内装は、華美ではないものの、落ち着きがあって洗練されている。

掃除が大変だろうなと陽奈子が心配していたら、定期的に家事代行サービスの手配をしてあるという。

陽奈子がこの場所に足を踏み入れるのは、今日で三回目。それも住んでいたアパートから必要なものを運び入れるためだったため、自分の家の実感はまだない。まるで展示場のような生活感のなさも、それに拍車をかけるのだろう。

　貴行はリビングに入るなり、大きく息を吐きながらソファに深く腰を下ろした。陽奈子の両親ばかりでなく、自分の親戚への気配りで疲れているに違いない。

「コーヒーでも淹《い》れますか？」

　まだ水すら出していないキッチンは、リビングのすぐ先にある。機能的なアイランドキッチンだ。

「いや。今は大丈夫だ」

　貴行は両膝の上に肘を突き、両手で顔を拭った。

　その隣に少しスペースを空けて、陽奈子がちょこんと座る。

「貴行さん、今日はありがとうございました」

「改まってどうした」

「伯母様に言ってくださったことです」

　貴行は、イノシシもびっくりの猛烈な勢いで突進してきた智子を華麗にかわした。

『伯母様がご紹介くださるのは、自己中心的で傲慢、自分を着飾ることでしかアピールできないような女性ばかりでしたから。他人を思いやれるような人でないと、トップに立つ人間を支えられません』

陽奈子は、そう言い放った貴行を思い返した。

裏を返せば、陽奈子は彼女たちとは違う、思いやりのある人間なのだと宣言してくれたも同然だ。

「あれは真実だ」

「買いかぶりだとは思いますけど、うれしかったです」

間接的とはいえ、少なくとも人からそう言ってもらったのは初めて。

「まぁそうだな。なんせ超がつくほどお人よしときてるからな」

「優しいと言ってください」

「出会ったときに『お人よしと言ってください』と言ったのは、どこの誰だ？」

痛いところを突かれて陽奈子が言葉に詰まると、貴行はククと肩を震わせた。

出会ったばかりの頃だったらイラッとした言動なのに、なぜかそんなやり取りが楽しい。

「陽奈子も疲れただろ。風呂に入ってきたらどうだ？」

そう言われた瞬間、反射的に陽奈子の頭に〝その先〟が浮かぶ。――初夜だ。

政略的だろうがなんだろうが、結婚式を挙げれば、当然ながらみんなに平等に〝その夜〟が訪れる。

「あ、えっとその……」

妙なことを想像したせいで、顔がカーッと熱くなる。

「なに、ひとりで寂しいなら一緒に入ろうか」

マルタ島での出会いを思い出させるような意地悪な顔だ。

「だっ、大丈夫です……！」

陽奈子はひらりと身をひるがえし、右手と右足が同時に出るほど不格好な歩き方でリビングを飛び出した。

楕円形《だえんけい》の大きなバスタブに顎の下までつかる。

ここから出たら、その後はきっと……。

ぽわんと浮かんだ妄想が、ただでさえ熱くなった頬をさらに赤らめる。

「キャーーッ！」

思わず漏れた悲鳴は広いバスルームに反響して、より大きなものになった。

男の人とそういった行為をした経験がないわけではない。でも、あまりいい思い出ではなく、片手で数えられるくらいのもの。初心者も同然なのだ。

それに貴行とは法的には夫婦でも恋愛過程を経ていない。そんな状況が陽奈子を余計に緊張させた。

のぼせる寸前でようやくバスタブから上がり、パウダールームで着替えを済ませる。置いてあったバスローブを着ようかと思ったものの、あからさまにやる気満々のようで恥ずかしいため、自分で用意したパジャマの袖に腕を通した。

それでも一応気を使ってかわいらしいピンクのものにするあたり、自分も意外と乙女チックだなぁと思った。

ふたりの寝室は階段を上がって、右の突きあたりにある。

緊張に手を震わせながらドアを開けて拍子抜けした。彼の姿はまだなかったのだ。

緊張しすぎて損したと、肩を上下させて胸をなで下ろす。

上がってくる前に覗いたリビングにもいなかったので、もしかしたら二階のバスルームを使っているのかもしれない。

二十畳ほどの寝室の左側にはキングサイズのベッドがあり、白い革張りのソファセットが右側にある。ベッドサイドの照明だけをつけてベッドに座ったものの、まるで自分から誘っているみたいだと気づいて慌てて立ち上がる。新妻なのだから、恥じらいも必要だ。

クッションを抱えてソファの隅に座ると、思いのほか座り心地がよく、つい何度もお尻を弾ませる。さすが高級ブランドのソファは違う。たしかイタリア製だったか。貴行の好みらしく、この家にあるほとんどのものはそのブランドの家具だ。彼と結婚しなければ、こんな家具を使う経験もなかったに違いない。

そうしているうちに二十分が経過した。

ずいぶんと長風呂だな。念入りに洗って備えているのかな……。

そう考えて、再び頬が熱くなる。これではまるで変態だ。

きっとお風呂が好きなのだろうと半ば無理やり思いなおし、もう一度クッションを抱えなおした。

ところが、それからさらに三十分が経っても貴行は現れない。いくらなんでも遅すぎるだろう。

まさか、お風呂で倒れていたりしない？

ハッとしてソファから勢いよく立ち上がった。寝室を出て階段を駆け足で下りていく。すると、パジャマ姿の貴行が上ってくるではないか。足を止めた陽奈子のところまで、ぴょんとひと飛びにやって来た。

顔色は悪そうに見えないけれど。

「大丈夫ですか？」

思わずそう聞いた陽奈子に、貴行は不思議そうな顔を向ける。

「大丈夫って？」

「その、つまり……」

なかなか寝室に来ないからと言えば、待っていたと間違いなく思われるだろう。それでは陽奈子が〝したくてたまらない〟みたいだ。

うまく説明できずに言葉を探していると、貴行が陽奈子の頭をポンとなでた。

「今日は疲れただろうから、ゆっくり休みな。俺は書斎で寝るから」

「……え？」

予想外のことを言われ、目をまたたかせる。

書斎で？　……別々に寝るの？

たしかに書斎にもベッドは用意してあると聞いている。でもそれは、立て込んだ仕事を自宅に持ち帰ったときに便利だからだと言っていた。寝室で先に眠っている陽奈子を起こしたくないという、貴行の配慮だったはず。

初夜で交わされる行為は、誰にでも訪れる絶対的なものだと思っていた。体が結ばれれば貴行と近づけるかもしれないと期待していただけに、ショックを隠しきれない。

「もしかして俺を待ってたか？」

意地悪な目が陽奈子の顔を覗き込む。

「ま、まさか……！　待ってなんていませんからっ」

眉間に皺をたっぷり寄せて抗議する。

貴行の目がわずかに悲しげに見えたのは、陽奈子の願望が見せる幻覚に違いない。

「だろう？　だから陽奈子がその気になるまで待ってる」

「……私がその気になる、まで？」

それじゃ貴行はもうその気なのかと聞く勇気はない。

「無理やりは俺の流儀に反する」

貴行はそう言うと陽奈子の手を引いて階段を上がり、寝室の前まで連れてきた。

「おやすみ」

額にキスをひとつ落とし、最後にくしゃっと髪をなでて書斎のほうへ歩いていく。

陽奈子が「おやすみなさい」と返したのは、貴行がドアを閉めた後だった。

想いの行方

「陽奈子ちゃん、ボーッとしてどうした？　新婚が物思いにふけるなんてさ」

店の奥にあるスタッフルームで先に昼休憩をとっていた陽奈子のもとにやって来た大和は、向かいの席の椅子を引いて座った。

「そんなことないですよ」

慌てて取り繕い、ペットボトルのお茶を飲む。

大和も休憩に入るのか、コンビニの袋からサンドイッチを取り出して「それならいいけど」と笑った。

貴行と結婚式を挙げて一週間が経過。彼が宣言した通り、現在も寝室は別である。

陽奈子の気持ちを最優先に考えて尊重してくれているのはわかったとはいえ、なんとなく拒絶された気がしてならない。手を伸ばせば抱ける女がいるのに、貴行はそうしようと思わないみたいだ。軽いキスはしても、それ以上は踏み込んでこない。

もしかしたら、ほかに好きな女性がいるのかも……。

工場の技術狙いで結婚したのは、陽奈子も十分理解している。二億円もの借金の肩代わりも感謝しきれない。それと引き換えに、一生愛されないかもしれない覚悟も一応はしたつもりだ。でも、体を重ねれば、もしかしたらそこに愛が芽生えるかもしれないという期待があったのも事実。

ただ、ほかに好きな女性がいるのなら話は別になる。

「はぁ……」

陽奈子から漏れたのは、これまでになく大きなため息だった。

「なんだよ、陽奈子ちゃん、本当に大丈夫か？」

次におにぎりを手にした大和は、テーブルに身を乗り出すようにして陽奈子の顔を覗き込んだ。

「あっ、ごめんなさい」

大和の存在をすっかり忘れて、つい長く深いため息をついた。

「なにかあったのなら聞くけど？」

優しいまなざしが陽奈子を見つめる。

ここは大和に相談してみるのも手かもしれない。なにしろ陽奈子は恋愛下手。そのくせトライしたのは、攻略難度の高い政略結婚ときている。

結婚まではあれよあれよという間に陽奈子が手を下すまでもなく進んだが、これから続く結婚生活はそうはいかない。

大和にならら男の人の気持ちがわかる立場で、なにかいいアドバイスをもらえるのではないか。すがるような思いで陽奈子は大和をじっと見た。

「大和さん、ちょっとご相談したいんですが……」

「やっぱりなにかあったのか」

おにぎりのフィルムをはがしたところで、大和は「俺でよかったら」と手を止めた。

あけすけに話すのが恥ずかしいのは百も承知。でも藁《わら》にもすがりたいというもの。

陽奈子は、初めての夜に起きた一連の出来事を順序立てて話していく。

そうして改めて考えてみると、夫婦になったのに〝その行為〟を避けたのは、やはり貴行にほかに好きな女性がいるからではないかと思えてならなかった。

「なるほど。それでさっきから悩ましい顔をしていたのか。離婚とかそういう話にでも発展したのかと勘繰ったよ」

思いつめたような顔をする陽奈子とは対照的に、大和はやけに明るい顔だ。

神妙な顔をされるよりはずっといいけれど。

「もともと気持ちがゼロの状態から始まった結婚だから、そんなもんなんじゃないか？」

「やっぱり仕方ないですか……。ほかに好きな女性がいるわけじゃないんでしょうか」

「それはさすがに俺にもわからないけどね。抱こうと思えばできるのにそれをしないんだから、逆に陽奈子ちゃんをきちんと考えているんだと思うよ。でも……」

大和が声をひそませ、もったいぶったように言葉を止める。ほかになにか感じる部分でもあるのだろうか。

「……なんでしょうか」

〝好きな女性がいる〟なんかでは済まないような爆弾発言をされるのではないかと、陽奈子の鼓動が一気に加速していく。

「陽奈子ちゃん、旦那を好きなんだな」

「えっ⁉　どうしてですか⁉」

目が飛び出るかと思った。そんな気持ちは身に覚えがない。

「だって、好きじゃなかったらそうやって悩まないだろ。親の借金のためにした愛のない結婚なんだから、体を求められなくてよかったたって思ってもおかしくない」

「そ、それは……」

胸を突かれるような思いがした。

「それなのにどうして抱いてくれないんだろうって悩むのは、しっかり旦那を好きな証拠だ」

思わぬ指摘をされ、心拍数がぐんぐん上がっていく。心臓の音がやけにうるさい。目を大きく見開き、まばたきを激しくさせる。

貴行を好きなのかと、自分の心に静かに問いかける。

すると、マルタ島でされた不意打ちのキスに戸惑い、その意味を図りかねて眠れない夜を過ごしたのを思い出した。

約束をすっぽかされた空港で、ひどく落ち込んだ自分もいた。あれは旅特有のアバンチュールだったのだと無理に気持ちを押し込めたときに、胸が痛んだ記憶もある。

結婚して初めての夜に貴行が隣にいないベッドは、これまで感じた経験がないほどに寂しかった。

それはつまり……。貴行を好きなのだ。

政略結婚という冠が邪魔して、その想いを無意識に封印してきたのかもしれない。

素直に認めてみれば、しっくりと収まりがいいと気づいた。

「陽奈子ちゃんがその気になったらって言われたのなら、抱いてくださいって正直に言ったらいい」

「む、無理です！　そんなの絶対に言えませんっ！」

椅子の背もたれに大きくのけ反り、必死にアピールする。あまりにもサラッと大胆発言をされて驚いた。

〝抱いてください〟なんて、恥ずかしすぎて絶対に無理だ。言えるわけがない。

「どうして？　夫婦なんだから言えるだろ？」

大和は男だからそう言えるのだ。

でも陽奈子には一生かけても言えない。首を激しく横に振った。

「俺だったら、そんなふうに直球で言われたらうれしいけどね」

「あまりにもストレートすぎますっ」

両手を握りしめ、眉根を寄せて抗議する。

「それじゃ、どうやってその気になったってわかってもらうんだよ。言葉で伝えなきゃ気づいてもらえないぞ」

言葉にしなければ伝わらない。まったくその通りだ。いくら念じたところで、貴行が超能力者でもない限り一生気づいてもらえない。

「……ですよね」

陽奈子の目の前にとてつもなく高い山がそびえ立った。何年かかっても乗り越えられないのではないかと思えるくらいの山だ。いや、山脈クラスと言ってもいいかもしれない。いっそエベレストと言ってしまおうか。

「あ、名案がある」

大和はパチンと指を鳴らしたかと思えば、スタッフルームの隅にあるデスクに置いてあるノートパソコンを持ち出してきた。シフト表の作成などで使っている店のパソコンだ。

なにをするつもりだろう。

大和は電源を入れて立ち上げ、カタカタとキーボードになにかを打ち込んだ。画面を見せてもらおうと、大和の隣に移動する。

「なにか調べものですか？」

「ちょっとショッピング」

「……ショッピング？」

彼の買い物と陽奈子の初夜事情に、いったいなんの関係があるのだろうか。接点が見つけられないまま陽奈子も画面に見入る。陽奈子もたまに使うショッピングサイトだった。

慣れた様子で大和がマウスを操作すると、ポインターがページ内を移動していく。そして〝ルームウエア〟タブをクリックした次の瞬間、画面いっぱいに色とりどりの商品が並んだ。しかも、どれも超がつくほどセクシーだ。オーガンジーやレースの透け素材で、カラーも薄いパープルなど色っぽいものばかり。

「セクハラだって言わないでくれよ？」

そう言うつもりはないけれど。

「あの、大和さん、それをどうするつもりですか？」

「どうするって、陽奈子ちゃんが着るに決まってるだろ」

「はい⁉」

「口で言えないなら体で表現するしかない。名案だと思わないか？」

大和はウインクを飛ばし、「どれがいいかなぁ」とあれこれクリックしていく。選ぶ気満々だ。

「ちょっと待ってください！　そんなに透けているものは着られません……！」

「〝抱いて〟って言えないなら、旦那をその気にさせるしかないぞ。これを着て旦那の前に立てばイチコロだ。少なくとも俺だったらね」

大和の言葉にそそのかされて、自動的にそんなシーンが脳内再生される。あられもない姿で貴行に抱きしめられる自分を想像して、顔中が真っ赤になった。

これを着れば、なにも言わなくても彼はわかってくれるかも……。

自分勝手な妄想にすぎないのに、安直な考えにとらわれた。それだけ切羽詰まっていたのか、それとも大和の誘導が上手だったのか。

「変な女だって思われないでしょうか」

着てみてもいいと思ったそばから、別の不安が頭をもたげる。

「喜ぶと思うよ。俺もこういうの好きだし」

「……大和さんの彼女さんも着るんですか？」

彼女がいるのかどうかは知らないが、流れで聞く。

「普通に着てるよ」

なんと、大和の彼女は日常的にこういったものを着ているという。しかも、大和は好きだというのだ。スポーツマンで清潔感いっぱいの大和がそんなふうに思うなんて。

それが陽奈子を大きく後押しする。

「わかりました。私も着ます」

「そうこなくっちゃ。えーっと陽奈子ちゃんにはどれがいいかな」

大和が別の商品をクリックしたところで、なぜか突然パソコンの電源が落ちた。

「おっと、肝心なときになんだよ」

コンセントはつないであるから電源は問題ないだろう。ところが、電源ボタンやキーボードをあれこれタッチしてみるが、なにも反応しない。

「ったく仕方ないなぁ」

そうつぶやき、大和がパソコンと格闘し始める。なにをしたのかわからないが、ものの数秒としないうちに画面が明るくなった。

「あ、ついた」

画面には英語がズラーッと出ては消えていく。

大和に焦る様子はなく、驚異的なスピードでキーボードを操作する。

「すごい。大和さん、パソコン得意なんですね」

「これくらい普通だよ」

褒められてまんざらでもなさそうだ。

「このパソコン、最近調子が悪かったからね」

「すぐに直らなそうですか?」

「もう少しかかるかな」

腕時計を見てみれば休憩時間も残りわずか。インターネットショッピングはあきらめるしかなさそうだ。

「大和さん、私、先にお店に戻りますね」

「ああ。パソコンなら心配するな」

大和はひらりと手を上げて答えた。

思いきって今日、どこかで買って帰ろうかな。インターネットで注文して商品を待つよりも、そのほうが早く手に入る。デパートに行けば、きっと見つけられるだろう。

ふとそこで、自分が相当焦っていると気づく。でも、気持ちを認識したのだ。貴行と早く本当の夫婦になりたい。

陽奈子は改めてそう決意したのだった。


計画は思い通りに進まないもの。

その夜、セクシーなルームウエアを買ってきたのはいいものの、肝心の貴行は仕事で遅くなると連絡が入った。

作った食事はラップをして冷蔵庫へ。陽奈子はお風呂にゆっくりとつかって寝室へやって来た。

気を紛らわすために本を読んでいると、ふと買ってきたものが気になり、袋から取り出してベッドの上に広げてみる。合計三着。どれもきわどいデザインで、露出がとても多い。

それだけではなく、ランジェリーも必須だと店員にそそのかされて同じようにセクシーなものもゲット。言うまでもなく勝負下着だ。

ためしに着てみようかな。

店では恥ずかしさが先に立ち、試着しないで購入を決定。貴行に見せる前に着ておいたほうがいい。

その三着の中でも比較的おとなしめのものをひとつ選び、下着と合わせてさっそく着替える。レースがふんだんに使われた白いベビードールだ。薄い生地のため、やたらとスースーする。

恐る恐る鏡の前に立つと、前代未聞の格好をした自分が映った。

「わわっ……！」

あまりにも恥ずかしくて、そそくさと鏡の前から退散する。

こんなものを着ていたら、頭のおかしな女だと思われない？

露出狂だと思われたら本末転倒だ。

でも大和はこういうのが好きだと。男の人がそう言うのだから、貴行だってきっと……。

口で〝その気になった〟と言えない以上、これでわかってもらうしかない。せっかく買ってきたのだ、使わずしてどうする。陽奈子に妙な闘争心が芽生えた。

仕事で遅くなると言っていたが、帰ってこないわけではない。それなら遅くなっても、とにかく帰宅を待って決行しよう。

【会社を出るときに連絡してください】

アプリで思いきってメッセージを送信し、ベッドに入って再び本を読み始めた。

ところが午後十時を回っても、貴行からの連絡はいっこうにこない。よほど忙しいのか、メッセージは既読にもならなかった。

そうこうしているうちにベッドに入っているせいか、陽奈子のまぶたも次第に重くなってくる。ふわぁと大きなあくびが何度も出た。

このままでいたら眠ってしまう。いつものパジャマに着替えてリビングで貴行を待とう。そうは思っても体は言うことを聞いてくれない。

あともう少ししたら、下へ行こう。そんな考えに反してまぶたは否応なしに下りてくる。もはや自分の意思ではどうにもならなくなっていた。

「……奈子」

陽奈子はふと、遥か彼方から自分の名前を呼ばれた気がした。

細い糸を引っ張るように、遠くのほうにある意識を手繰り寄せていく。意識が少しずつはっきりとしてくるのを漠然と感じながら、それでもなお現実との狭間で心地いい空間を漂っていた。

「陽奈子、遅刻するぞ」

ささやきのような声とともに肩が揺すられる。

遅刻？　遅刻って……？

そこでようやくまぶたをうっすらと開ける。陽奈子の視界のすべてを埋め尽くしたのは、貴行の顔のドアップだ。

「——えっ⁉」

弾かれたように飛び起きる。それこそバッタかと見紛うような弾み方だ。自分の体にこんなに性能のいいバネが装着されているとは思いもしなかった。

「あ、あの、え？」

部屋はすっかり明るい。カーテンの隙間から差し込む光が、陽奈子に朝だと教えてくれた。ベッドサイドの明かりをつけたまま、いつの間にか眠ったようだ。

そこで貴行が一点を見て固まっていると気づく。陽奈子の顔ではなく、もっと下。

その視線の行き先をたどって自分を見た陽奈子は、一気に目が覚める思いだった。昨夜、貴行を待つうちに寝入ったため、スケスケのベビードールを着たままだったのだ。

慌てて毛布を引っ張って体を隠す。

「こ、これはその……！」

夜ならまだしも、朝の光を浴びながら見られて平常心でいるのは無理。恥ずかしさは夜の比ではなかった。顔どころか耳まで熱い。

「なかなか起きてこないから、どうしたのかと思って」

「そ、そうですよね。ごめんなさい」

結婚してから一週間、陽奈子は毎朝早起きして朝食を作っていた。

貴行には、負担だろうから無理する必要はないと言われたが、社長を支える妻としてできる限りのことはしたい。二日に一度やって来る家事代行の清掃サービスも、本当なら遠慮したいところ。とはいえ、この豪邸の掃除をひとりで徹底してできるか、と聞かれたら自信を持てないのは胸が痛い点だ。

「そんな格好でいたら風邪ひくぞ」

「え？　あ、はい」

「じゃ」

貴行はさらりと陽奈子の髪をなで、顔色ひとつ変えずに寝室を出ていった。

風邪ひくって、それだけ……？

閉まったドアを見つめて呆然とする。

こんな格好の陽奈子を見ても、貴行はなにも感じないらしい。少しはドキッとさせられるのではないか。陽奈子のサインを感じ取ってくれるのではないか。そう考えたのはお門違いだった。

最初に陽奈子を凝視して目が点になったのは、ギョッとしたためだろう。

どうしよう。やっぱり頭がおかしいって思われたかもしれない。

男を誘っているみたいな顔だと言われるのが不満な張本人が、こんな格好をしている矛盾に頭を抱えたくなる。そのうえ、陽奈子がセクシーな格好をしようが、貴行を惑わせられないのだ。

もしかして、これでは色気が足りなかった？

陽奈子が今着ているものは、買った三着のうちではおとなしいデザイン。ほかのもう二着なら、貴行の反応も少しは違っただろうか。

違う違うと、顔を思いきり横に振る。

頭の中が混乱して、変な方向に進みそうになった考えを慌てて立てなおした。

過去から解き放たれた夜

その日の朝。

『たまにはこちらでお茶でもご一緒にどう?』

貴行を送り出した陽奈子に、彼の母親の阿佐美から電話が入った。

今日の陽奈子は仕事が休み。阿佐美との距離を縮めるにはいい機会だろう。貴行の話をいろいろと聞いてみたいし、好物も教えてもらいたい。

陽奈子は一も二もなく「よろしくお願いします」と答えた。

家を出るときの貴行は、いたって普通と変わらず。セクシーなルームウエアを着ていたのは、陽奈子の夢だったのではないかとすら思えてくる。

今朝のことはいったん忘れよう。今は阿佐美とのティータイムを楽しむほうに意識を向けなくては。

今日は家事代行サービスをキャンセルして、約束の三時に間に合うように掃除を済ませ、陽奈子行きつけのパティスリーでお気に入りのケーキを買ってきた。

午後三時の五分前。陽奈子が実家のチャイムを鳴らすと家政婦がすぐに顔を覗かせ、陽奈子をリビングへ案内した。

二階まで吹き抜けになり、暖炉も備えつけられているリビングは外観同様に白を基調にしており、品があるうえにゴージャスである。大きな掃き出しの窓の向こうには、陽奈子たちが式を挙げた広い庭が広がる。青々とした芝生が目にまぶしい。

この豪邸に阿佐美は今、ひとりで暮らしている。

「これ、ご一緒にどうかと思いまして」

持参した白いケースを阿佐美に手渡す。

「あらぁ、そんな気を使わなくていいのよ？　今度いらっしゃるときには手ぶらで来てね。でも、うれしいわ」

阿佐美はニコニコしながらそれを家政婦に手渡し、お皿に取り分けるよう指示をした。ワゴンで用意しているのは紅茶なのか、部屋にいい香りが漂ってくる。

「陽奈子さん、お紅茶はお好きかしら？　あ、それともコーヒーのほうがよかった？」

「どちらも好きなので大丈夫です」

向かいに座った阿佐美に恐縮しながら首を横に振る。

まだ会うのは数える程度。そのうえ貴行を抜きにして話すのは初めてのため、やけに緊張する。おかげで背筋は定規でも入っているかのようにピンと伸び、手も足もきっちりと揃えた。

テーブルに紅茶とケーキが置かれたところでリビングのドアが開き、阿佐美と揃って顔を向ける。入ってきた人物を見て、陽奈子は心臓が止まる思いがした。

「あら、お義姉様、遅いからどうしたのかと思いましたわ」

そこにいたのは、貴行の亡くなった父親の姉、智子だった。

智子はこれまで結婚前の貴行に数々の縁談を持ち込んでいただけに、自分が関与していない今回の結婚に好意的ではない。

リビングに陽奈子がいるのに気づき、智子が眉をつり上げて険しい表情を浮かべる。

「こ、こんにちは」

急いで立ち上がって挨拶をしたが、声が震える。

まるで巨大な岩がそこにあるよう。以前と変わらず威圧感の塊だ。

「あなたもいらしてたの？」

「……はい、お邪魔しております」

「そんな席に私を呼ぶなんて、阿佐美さんったらどういうつもりかしら」

鼻の穴を大きく膨らませ、智子が肩を上下させる。かなりおかんむりだ。

どうしようかと、陽奈子はソファで小さく肩を丸めた。

「せっかくですから、女三人で仲よくお茶をどうかなって思ったんです」

智子の怒りなどどこ吹く風。阿佐美はおっとりとした様子で小首をかしげた。

「さあさあ、お義姉様もお座りになってください。おいしいケーキもあるんですよ」

阿佐美がテーブルの上を手で示すと、それにつられて智子の顔がそちらに向く。そして、その目をパッと輝かせた。

「もしかして『グランマーリエ』のタルトじゃない？」

陽奈子が買ってきたのは、その店でもとくに人気のあるミルクプリンフルーツタルトだった。それを見ただけで店の名前が智子の口から出てくるとは。

「ええ、そうなんですよ。陽奈子さんが買ってきてくださったの」

ところが、陽奈子の名前が出た途端、智子の表情が陰る。

「……あらそう」

買ってきた人物は気に入らなくても、買ってきた物には興味が大ありらしい。智子は胃のあたりに手を組んで、どうしたものかと目をあちこちへ泳がせた。

「あの……よろしかったらご一緒にいかがでしょうか」

陽奈子が恐る恐る声をかける。ここで怯《ひる》んでいては、いつまでも智子との距離は縮まらない。智子にキッと目を尖らせて見つめられても、なんとか踏ん張った。

「……そうね。せっかくだからいただくわ。タルトに罪はないもの」

しばらく悩んでいた智子も、ようやく阿佐美の隣に腰を下ろした。

「ふふふ。よかったわ。お義姉様は本当にタルトがお好きなんですね」

「あなたは余計なことを言わなくていいの」

ふたりのやり取りを見ながら、陽奈子はひそかに胸をなで下ろしていた。

グランマーリエのタルトを選んでよかった……。

智子の好物を持参した自分の手柄に、心の中で拍手を送る。グランマーリエの隣にある老舗せんべい店とどちらにするか迷ったが、あそこでタルトを選んで大正解だ。

三人分のタルトが取り分けられ、智子の分の紅茶もテーブルに並ぶ。

「貴行との生活はどう？　なにか困っていない？」

紅茶で喉を潤したところで阿佐美に尋ねられた。

さすがにここで本当の悩みを母親に暴露するわけにはいかない。

陽奈子が大丈夫だと笑顔で返そうとすると、すかさず智子から鋭い言葉が投げかけられる。

「やあねぇ、阿佐美さん。月島家に嫁に来て、なにを困るの？」

庶民が身分違いの家に嫁いだのだから万々歳じゃないかと言いたいのは、その口調から伝わる。

「お義母様、伯母様のおっしゃる通りです。なにも困っておりませんのでご心配なさらないでください」

「そう？　それならいいんだけど。主人が亡くなってから急きょ社長を継いだから、貴行、忙しいでしょう？　あまりふたりの時間が取れないんじゃないかと思って。新婚旅行もお預けだし」

「貴行さんの事情は十分わかっておりますので」

平日は朝早くから夜遅くまで仕事なのはもちろん、土日もしっかりと休めるのは少ないと、貴行から事前に聞いている。結婚して一週間のうち、一緒に夕食が取れたのは一度だけ。それ以外は別々だ。

「そうよね。ツキシマ海運の社長夫人になれたんですから、ある程度の我慢はあたり前だわ」

ちゃちゃを入れた智子を、阿佐美が「お義姉様」とたしなめる。智子は〝ふん〟と不満気に顎を横へ向けた。

社長夫人になるのが目的だったのではない。陽奈子がこの結婚に同意したのは父親の工場を守るため。社長夫人の座はその結果ついてきたもの。

だからといって、今ここで智子に歯向かったら関係性が悪化するのは火を見るよりあきらか。陽奈子は笑顔を崩さず「伯母様のおっしゃる通りです」と答えた。

そしてさらに続ける。

「お忙しい貴行さんのサポートには、全力で取り組んでまいりますので」

「まぁ、陽奈子さん、頼もしい。さすが貴行が選んだ女性だわ」

楽天的な阿佐美に救われる思いがした。

それから二時間が過ぎ、嵐のような智子が去ったリビングで阿佐美がポツリとつぶやく。

「陽奈子さん、嫌な思いをさせちゃったわね」

智子はタルトをふた切れ分ペロリと平らげ、言いたいことだけ言って満足そうに帰っていった。

「いえ、大丈夫です」

阿佐美はきっと、智子との仲を取り持とうとしてくれたのだろうから。

ほんわかとしているようでいて、いろいろな気遣いをする人なのだろう。そうでなければ、ツキシマ海運という大企業の社長を支えてこられなかったはず。

その座に自分もついたのだと改めて実感し、身の引き締まる思いがする。

「お義姉様もね、悪い方じゃないの。ただただ月島家が心配なのよね。主人が亡くなったから、余計に姉の自分がしっかりしなくちゃと思っているの」

阿佐美によれば、智子の夫はツキシマ海運の顧問弁護士をしているという。智子は月島家を、その夫はツキシマ海運を長年にわたって支えてきているのだ。大切に思うからこそ、智子は陽奈子に厳しくあたるのだろう。

「陽奈子さんを気に入らないわけじゃないのよ。お義姉様が選んだお相手じゃないのが気に入らないだけ。陽奈子さんへの個人攻撃じゃないのはわかってあげてね。きっとまだ気持ちの整理ができていないの」

「はい、わかっています」

兄を亡くして、自分が月島の家を守らなくてはと躍起になる気持ちは、陽奈子にも痛いくらいにわかる。陽奈子自身も、父親の工場はなんとしても守りたいと思ったから。だからこそ、この結婚に踏みきった。

智子の背負うものは、きっと陽奈子の比ではない。そう考えると、今の自分の悩みが浅はかに思えてくる。気持ちを口に出すのが恥ずかしいなんて言っている場合ではないのではないか。貴行とはれっきとした夫婦なのだから。

「これまで貴行さんは、私以外で結婚まで進みそうなお話はなかったんですか?」

智子が何度となく縁談を持ってきていたのなら、少なからずあっただろう。

「一度だけあったわ。取引銀行の頭取のお嬢さんとね」

やはりあったのだ。それも頭取の娘だというのだから陽奈子とは雲泥の差だ。まさしく智子のお眼鏡にかなう家の出。

「でもね、いざお見合いというときになって、頭取の不正が発覚して失脚。あちらはお嬢さんも乗り気だったから、なんとか話をそのまま進めたかったみたいなんだけど、主人が首を縦に振らなくてね」

それはそうだろう。不正となれば、ツキシマ海運の信用問題にも響く。婚約前でよかったと安堵しただろう。

「でも本当によかったわ。陽奈子さんが貴行の申し出を受けてくださって」

「私のほうこそ、父の工場を救っていただきましたので」

「あら、それは――」

阿佐美が言いかけたところでリビングのドアがノックされる。開いたドアから家政婦が顔を覗かせた。

「奥様、貴行様がお見えです」

ていたけれど。

「貴行が？」

なんと、貴行がここに来たという。阿佐美とお茶をするとメッセージは送って伝え

家政婦が顔を引っ込めると同時に、スーツ姿にブリーフケースを手にした貴行が入ってくる。仕事帰りのまま寄ったようだ。今日はいつもよりずいぶんと帰りが早い。

「ただいま」

「おかえりなさい」

いそいそと立ち上がり、陽奈子が貴行のブリーフケースを受け取った。それをソファの脇に置き、貴行と揃って腰を下ろす。

「今日は早いわね。陽奈子さんを迎えにきたの？」

「まぁそんなところ。母さんに確認したい件もあったしね」

そう言いながら貴行はネクタイを緩めた。

「なにかしら？」

阿佐美が両手を膝の上にのせてかしこまる。

「明日、安西さんの命日だろう？」

「ええ、そうね。明日はお母さんが行ってくるわ」

「いや、今年からは父さんに代わって俺が行くよ」

親戚なのか知り合いなのかわからないが、明日はある人物の命日らしい。

「じゃ、一緒に行きましょう」

「俺ひとりで大丈夫。ツキシマ海運の社長として、しっかりと手を合わせてくるから」

「なんだか頼もしいわね。結婚したから余計かしら」

阿佐美がふふふと意味深に笑う。

「俺は昔から頼もしいんだ」

照れくさいのか、貴行は不満そうに眉をひそめた。

そんな表情がかわいく思えて、隣で陽奈子がクスッと笑う。

「……なんだよ」

「あ、いえ、なんでもないです」

口もとを引き締めて首を横に振る陽奈子を、貴行はコツンと軽く小突いた。

「あらあら、仲がよくてなによりだわ。あ、そうだ。今夜はここで夕食を食べていったらどう？　ね、陽奈子さん、いいでしょう？」

咄嗟に貴行を見ると、軽くうなずき返される。

「ありがとうございます。ぜひご一緒させてください」

陽奈子の返答に気をよくした阿佐美は、家政婦を呼ぶと「とびきりおいしいものを作ってくださる？　私も手伝うわ」とうれしそうに指示をした。

貴行の実家で食事を終え、ふたりは自宅へ帰ってきた。

夕食の席は朗らかな阿佐美のおかげで終始和やかなムード。貴行の幼い頃の話を聞いたり、好物を教えてもらったり、思った以上に楽しい時間を過ごした。

「コーヒーでも淹れましょうか」

あちらの家でも飲んできたが、なんとなくの流れで聞いてみる。

「いや、残っている仕事を片づけるよ」

帰宅が早かった分、仕事を持って帰ってきたようだ。

「そうですか。それじゃ、なにかあったら言ってくださいね」

早速今夜、自分の気持ちを伝えようと思ったが、仕事の邪魔はしたくない。急ぐ必要もないし、また今度にしよう。

書斎に向かう貴行を追って自分も階段を上がろうとしたところで、彼が振り返る。

「明日の夜、どこかで一緒に食事しないか？」

「食事ですか？」

思わぬ誘いが陽奈子の顔を明るくさせる。

「用事を済ませた後は会社に戻らないから、どこかで待ち合わせよう」

その用事というのは先ほど阿佐美と話していた、誰かの命日のことだろう。

「どこにしますか？」

「陽奈子の店に車を迎えにいかせるから、それに乗っておいで」

「迎えなんて大丈夫ですよ。自分で行きます」

そう断ってみるが、貴行もなかなか引こうとしない。結局、言われた通り、仕事が終わったら店で待つことになったのだった。


オーシャンズベリーカフェはビルの一階にあるため、大きく開放的な窓から通りがよく見通せる。帰宅時間を迎えたそこは、次第に歩く人の数が多くなりつつあった。

「大変お待たせいたしました。アイスのハニーラテです」

常連の早紀にカップを手渡す。外回りから帰ってきた彼女は、いつもここでいったん休憩してから会社に戻る。

「コーヒー淹れられるようになったのね」

「そうなんです」

早紀にすごいじゃないと褒められ、陽奈子は微笑み返した。

この頃はレジだけでなく、カフェも任せてもらえるようになった。まだ覚えきれずに度々ほかのスタッフにヘルプを求めるが、なんとか様にはなってきた気がする。

陽奈子の今日の勤務は午後五時まで。店内の時計は、まもなくその時刻を迎えようとしていた。迎えの車をよこすと言われているため、注文の商品を作る合間やテーブルを片づけながら、チラチラと外へ視線を投げかける。

「すごい車。このビルに入ってる会社の社長さんかしら」

窓際のカウンター席にいた早紀のひとり言につられて、なんとはなしに目を向ける。

すると早紀の言うように、大きくて立派な黒塗りの車がビルの前につけられていた。普通車よりも車体の長い、高級なことで有名な車だ。

――まさか、迎えってあの車？

毎日、貴行を送迎している運転手つきの車とそっくりだった。

「陽奈子ちゃん、そろそろ上がっていいよ」

たまに人手が足りずに残業をお願いされる日もあるが、今日は前もって用事があると伝えていたため、大和が気遣って声をかけてくる。

「はい。ありがとうございます」

そう答えたところで、窓ガラスの向こうによく見知った姿が現れる。貴行だった。夕刻を迎えて薄紫に染まりつつある空のもと、大勢の人が行き交う中でもその姿は人の目と心を惹きつけてやまない。

店の自動ドアが開くと、店内にいたお客もそちらを見ずにはいられないようで、皆いっせいに彼に視線を投げかける。醸し出す空気感がそうさせるのだろう。

ジャケットは着ておらず、ボタンダウンのワイシャツ姿が少しラフな印象を与え、貴行をより魅力的に見せる気がする。

引き締まった体が容易に想像できるタイトなシルエットだ。

「嘘……」

早紀がポツリとつぶやくのを片方の耳で聞きながら、陽奈子はその場でぼうっと突っ立つ。迎えをよこすと言っていたから、貴行本人がここへ来るとは思ってもいなかった。意表を突いた登場と、周りの空気も華やかに変えるオーラに時間が止まった感覚だ。

「陽奈子、もう上がれるか？」

悠然とした立ち姿で、軽く首をかしげる。

「は、はい！」

小学生のような元気な返事になり、決まりが悪い。店内すべての視線を浴びているのを感じずにはいられなかった。

「では、お先に失礼します」

スタッフルームで着替えを済ませ、そそくさと外へ出る。車のそばで立って待っている貴行のもとへ急ぐと、運転手が後部座席のドアを開けた。

貴行がこの車に乗り込むところは毎朝見ている。でも、自分がそこに乗るのは初めてだ。

「靴、脱がなくていいんです……よね？」

思わずそう尋ねると、貴行は「そのままで」とわずかに目もとを細めた。

「おじゃま、します……」

ベージュの絨毯《じゅうたん》が敷かれた車内はサロン風の造りになっており、黒い革張りのシートが惜しげもなく高級感を漂わせていた。運転席と後部座席の間は仕切られていて、完全なる個室だ。

「そんなに緊張しなくてもいいだろ」

陽奈子がカチンコチンになっているのはバレバレだったようだ。

「こんな車は初めてなので……」

普通に生きていたらお目にかかれないシロモノだ。

「貴行さんが迎えにきてくれるとは思いませんでした」

「待ち合わせた店で待ってようかとも思ったんだけど、陽奈子の職場でも見ておこうかと」

陽奈子が店を出るときに早紀は口をあんぐりと開けていたから、今度お店で会ったらいろいろと聞かれるだろう。以前、街で偶然会ったときにははぐらかしたけれど、次はそうもいかなそうだ。

大和も似たような有様。なんとなく険しい表情に見えたのは、庶民の陽奈子とは不つり合いなのではないか？という懐疑的なもののためだろう。

「さっきカウンターの中にいた男だけど」

「あ、あの店の店長です」

不意に聞かれ、陽奈子が即答する。

「……店長？　名前は？」

「安西大和さんです」

そう答えた途端、貴行は「安西大和」と繰り返していぶかしげに目を細めた。

「どうかしましたか？」

「……いや、なんでもない」

貴行は取り繕ったようにそう答えてから、ふと陽奈子を見る。

まじまじと見つめられ、陽奈子はなんだかそわそわした。

「その服、似合ってる」

不意打ちで褒められ、嫌でもドキッとさせられる。

どんなレストランに行っても困らないように、今日の陽奈子はワンピースを着ていた。黒地に白のドット柄で、ウエストラインをリボンで結ぶタイプだ。店ではスニーカーに履き替えていたが、ピンヒールのパンプスも履いている。

「ありがとうございます」

貴行にお墨付きをもらえれば安心。陽奈子は肩からふっと力を抜いた。

十分ほど走った車が止まったのは、外資系高級ホテル『エステラ』の前だった。

先に降り立った貴行に手を借り、陽奈子も車を降りる。エスコートされるようにエントランスをくぐった。開放感のある高い天井、落ち着いた色調のモダンインテリアは高級感にあふれ、どこを見てもため息が出てくる。最上階までエレベーターで上がり、貴行に連れられたのはフレンチレストランだった。

「月島様、いらっしゃいませ」

顔を見ただけで店員から貴行の名前が出てくるのだから、よく使う店なのだろう。

全身黒服の店員に案内されたのはフロアの一番奥、窓際のテーブルだった。

「わぁ、すごーい！」

窓の外、眼下に広がる光の海がきらめいて揺れている。

「個室のある店も考えたんだけど、陽奈子が喜ぶかと思ってね」

さらりと言ってテーブルの上に手を置く。窓にへばりつく勢いの陽奈子を見て微笑んだ。

「ありがとうございます！」

うれしさに陽奈子の声が弾む。こんなにきれいな夜景を見るのは初めて。星屑《ほしくず》が散らばったような景色は、いくら見ていても飽きる気がしない。

「そろそろ座ったらどうだ」

いつまでも立っている陽奈子を見かねたか、貴行が声をかける。うしろに店員が椅子を引いて待っているのに気づき、陽奈子はハッとしていそいそと座った。

注文は全面的に貴行に任せ、アペリティフで乾杯する。

「今日の命日って、仕事関係の方ですか？」

昨日、貴行は阿佐美に『ツキシマ海運の社長として、しっかりと手を合わせてくる』と言っていた。

「五年前に亡くなった、うちの航海士」

「そうなんですね」

「海上での事故が原因でね」

そういえばと思い出す。ツキシマ海運の輸送船とタンカーの事故が、当時盛んに報道されていたのを陽奈子も覚えている。

普通であれば記憶になくても不思議はないが、父親の工場の取引先がかかわる事故だったため印象に残っているのだろう。

あの事故から、もう五年も経つのかと考えながら陽奈子がグラスを置いて、ふとほかのテーブルに視線を投げかけたときだった。

よく見知った、二度と会いたくない人物が少し離れたところにいるのに気づく。

嘘でしょ……。

それと同時に、陽奈子の心臓が嫌な音を立てていく。

「どうかしたのか」

「あ、いえ……」

そうごまかすが、動揺を隠しきれない。

「陽奈子？」

「……以前、勤めていた会社の役員がいて……」

陽奈子が秘書としてついていた専務取締役の岡崎《おかざき》だったのだ。セクハラまがいのことをして、陽奈子を退職に陥れた男である。

一緒にいるのは会社関係の人か。スーツ姿の初老の男性が向かいに座っている。

「アイツとなにかあったのか？」

尋常じゃない陽奈子の狼狽《ろうばい》ぶりを見た貴行の表情は、険しい。

「ホテルに連れ込まれて……それで、その……」

「まさか乱暴を……？」

貴行が顔をゆがめ苦々しくつぶやく。

「いえ、なんとか逃げました。でもその後それが噂になって、私に無理やり誘われたと……」

「それで辞めたのか」

コクンとうなずき、目を伏せる。

貴行から、なんとも言えない空気が漂ってきた。

陽奈子に隙があったのでは？と思われたかもしれないと考えると、いたたまれなくなる。そんなふうに思ってほしくない。

「どこに勤めていたんだ？」

「……システムティービズという外資系のＩＴ企業です。専務秘書だったのですが」

「システムティービズ？」

貴行の目の奥が光ったように見えた。

「で、でも、もう昔の話ですもんね。ごめんなさい、変な空気にして」

わざと明るく言って、なんてことのない過去だと強調する。

陽奈子は気を取りなおして、運ばれてきたアミューズであるエビとオイルサーディンのカナッペを右手でつまんだ。

岡崎の顔を見たせいで嫌な思い出がよみがえったが、今の陽奈子としては忘れるべき過去。せっかく貴行に素敵な店に連れてきてもらったのだ。惑わされる必要はない。

「大丈夫か？」

貴行に優しく聞かれ、笑顔で応える。

その後はコース料理を堪能。夜景はきれいだし、料理には目も舌も満足させられた。

最後にエスプレッソを飲み終えた陽奈子は、貴行を席に残してレストルームに立つ。

岡崎がいると知ったときこそどんよりとしたムードになったが、素敵な夜景と絶品料理、そしてなにより貴行の笑顔のおかげで、その後楽しく過ごせた。

それも貴行の気遣いのおかげ。もしもひとりだったら、もっと憂鬱な気分にさせられただろう。

そうして軽くメイクを直してレストルームを出たときだった。忌々しい顔と鉢合わせして、足止めを余儀なくされる。

「倉沢くんじゃないか。こんなところで奇遇だなぁ」

岡崎だったのだ。まるで、自分の過ちも覚えていないような口ぶりだ。七三に分けた髪を整髪料できっちりと固め、でっぷりと貫禄《かんろく》のあるおなかを突き出す。

陽奈子は声も出せずに胸の前で手を握りしめた。

「相変わらず、誘うような目つきだなぁ。ひとり？　それとも男連れか？」

岡崎の顔が近づいたため、咄嗟に数歩下がって避ける。岡崎の脇を通って立ち去ろうとしたものの、腕を掴まれた。

「は、放してくださいっ」

強く引っ張ってみても、がっちりとホールドされて放れない。それどころか逆に引き寄せられ、岡崎の恰幅《かっぷく》のいい体に密着させられた。

「やっ……！」

「嫌がっているようには見えないぞ？　もう再就職したのか？　今度の就職先でも、物欲しそうな顔して男を誘ってるんだろう？　なら今夜は私とどうだ？」

粘着質の声でささやかれ、虫唾《むしず》が走る。手で懸命に岡崎の胸を押し返してみるが、いっこうに離れない。

「やめてください！」

「前は逃げられたけど、今度はそうはいかないかな。ちょうどホテルにいるんだし、このままほら」

肩を抱かれ、その場から無理に歩かされようとしたそのとき。

「っく……！」

岡崎の口から呻《うめ》き声のようなものが漏れる。

「俺の陽奈子に薄汚い手で触らないでもらいたい」

貴行だった。彼が、岡崎の手をひねり上げたのだ。

「貴行さん……！」

解放された陽奈子を引き寄せ、自分の背中にかくまうようにする。

岡崎は痛がるようにしながら手首を回し、貴行を上から下までなめるように見た。

「失敬な。キミはなんだね」

「あなたに名乗るほどの者ではありません」

謙遜《けんそん》と見せかけ、貴行は岡崎に名乗るつもりはないと言いたいのだろう。ところが岡崎はその言葉を額面通りに受け取り、「まぁそうでしょうね」とほくそ笑む。そして上から目線で続けた。

「キミも気をつけたほうがいいだろうね。彼女は、誘うだけ誘って逃げるのはお手の物だ」

助言でもしているつもりか。でもそれは、あまりにもひどい言いがかりだ。誘ってなどいないのだから。陽奈子は真面目に職務を全うしていただけ。岡崎に色目を使った事実はない。

でも、言い返す言葉が喉の奥に張りついて出てこず、悔しさに唇を噛みしめる。

「女性への侮辱が、自身の品格を落としていると気づいていないようですね」

冷静でありながら、冷ややかな口調で貴行が陽奈子に代わって返した。

「……おや、それはどういう意味でしょうか。私はあなたによかれと思って忠告したんですがね」

「その必要はありません。陽奈子は私の妻ですから」

毅然とした態度だった。

「これは驚いたな。すでに手遅れだったか。ご愁傷さま」

「そのお言葉、そのままそっくりあなたに返しますよ。システムティービズの専務取締役さん」

貴行の言葉に岡崎が目を見開く。まさか会社名が出てくるとは予想外だっただろう。

「ほぉ、私を知っているとは、なかなかだな。いや、私がそれほど有名という話か」

「ええ、そうですね。部下にセクハラを働き、己の保身のために退職に追い込んだ卑劣な男だと」

「なに？」

岡崎の顔が険しくゆがむ。左右の眉は交互に上がり、ギラギラとした目は血走っていた。

「ここでお会いできてよかったです。弊社にご足労いただく手間が省けましたから」

「なんの話だ」

「私はこういう者です」

貴行は胸もとからゆっくりと出した名刺を岡崎に差し出した。

岡崎はひったくるようにそれを取ると、煩わしいといった様子でため息をつきながら目を落とす。たいした会社の名刺でもないくせにと、心の声が聞こえるようだ。

ところが、ふんと鼻を鳴らしながら一度見た名刺を、今度は顔の近くまで持っていき食い入るように見る。

「ツキシマ海運？　……しゃ、社長⁉」

荒らげた声が店内へ続く通路に響き渡った。

名刺と貴行本人を交互に見比べ、肩を激しく上下させる。恐れおののいたような顔は、決して慌てない優雅な貴行の振る舞いとは対照的だ。

「システムティービズさんに構築いただいたセキュリティシステムですが、あまりにも脆弱なため取引を控えさせていただこうと考えていたところでした」

岡崎は、勢いよく吸い込んだ空気で喉をひゅっと鳴らす。

「ちょっ、ちょっと待ってくれ。……いや、待っていただけませんか」

声まで震わせる。

陽奈子は、相手によって態度を変える男の滑稽さを目《ま》の当たりにした。

勤めていたときに顧客の中にツキシマ海運の名があったのは陽奈子も知っていたが、岡崎の狼狽ぶりから察するに、システムティービズにとってよほど大きな取引先なのだろう。

「申し訳ありませんが、こちらとしましてもすでに新しいシステムの構築に入っておりますので、セクハラやパワハラを働く役員のいる会社とのお付き合いはやめさせていただきます」

「つ、月島社長……！」

すがりつく勢いの岡崎を貴行は冷めた目で見下ろした。

「後悔してももう遅い。悔やむくらいなら、同じ過ちを繰り返さないよう今すぐ改心することですね。そのほうがよっぽど生産的だ」

そう言い捨て、貴行は岡崎に背を向けた。

「陽奈子、行こう」

「は、はい」

陽奈子の肩を抱き、歩きだす。

「月島社長！」

岡崎がもう一度呼び止める声は、貴行の耳には届かないようだった。

ホテルのエントランスに横づけされた車に乗り込み、貴行と並んで座る。

「貴行さん、ありがとうございました」

「陽奈子が席を立った後、それを追うようにしてアイツも席をはずしたから、なんとなく気になって迎えにいってみれば、案の定ってところだ」

貴行が来なかったら、もっとひどいことをされていたかもしれない。

ホテルに連れ込まれた忌まわしき過去を思い出して体に震えが走る。

「大丈夫か？」

貴行に強く肩を抱かれ、取り乱した心が次第に落ち着いていく。

なんにせよ、なにもなかったのだから。今は、こうして貴行が隣にいる。

「はい。ありがとうございます。……それと、うれしかったです」

「なにが？」

「〝私の妻です〟って」

陽奈子の身に危険が迫ったときにスマートに現れたばかりでなく、きっぱりと言いきった貴行の言葉には迷いがなく、逞しさを感じさせた。今思い返しても胸が高鳴る。

この結婚は、お互いの利益のため。そんな前提があるから、どうしても普通の夫婦とは違うように感じていた。いまだに体を重ねていないのも、そう感じさせる一因だろう。

でも、あのときは違った。自分は貴行の妻なのだという自信を持てた、とでもいったらいいのか。とにかく、うれしかったのだ。

「妻じゃなかったら、陽奈子は俺のなに？」

貴行がクスッと笑う。

「それはそうですけど。あまり夫婦の実感を持てなかったので」

「それじゃ、その実感とやらをもっと持ってみるか？」

「えっ……？」

陽奈子が驚いた表情のまま、軽く唇が触れ合う。

抱いていた陽奈子の肩をさらに引き寄せ、貴行が頬に手を添える。

「陽奈子は、俺の妻だ」

ささやくような声なのに、それがかえって胸に響く。熱いまなざしで見つめられ、鼓動がぐんと跳ね上がった。

想いを伝えるなら今だと思ったそのとき。

「なんでこんなにも好きになってるんだろうな、俺は」

意味を図りかねる言葉を貴行がボソッとつぶやく。自嘲気味なのに、ほんのり甘い。

「……それはどういう意味で」

問いかけた陽奈子の唇に、ふっと笑みを漏らした貴行の息がかかってくすぐったい。

「まんまだよ」

「まんま……?」

「陽奈子を好きって以外になにがある」

驚いて見開いた目のまま、唇がもう一度重なった。

嘘、でしょ……。

すぐには信じられない言葉だった。

これまでの貴行の言動から、嫌われていないのはなんとなく感じていた。でも、始まりはふたりの気持ちがゼロの状態。そのうえ貴行ほどの男なら、陽奈子では足もとにも及ばない素晴らしい女性を選び放題なのだ。そんな貴行に好きになってもらえる日が、こんなにも早くやってくるとは。

「信じられないって顔だな」

間近で貴行がいたずらに笑う。

「だって、セクシーな格好をしても顔色ひとつ変えなかったし。私にまったく興味がないんじゃないかと……」

あの朝は衝撃的だった。意図せずあんな格好を見られる羽目になったが、顔色ひとつどころかなにごともなかったかのような貴行の態度は、かなりのショックだった。

これまで〝誘うような目つき〟だとか、〝男好きのする顔〟だとか言われてきたのはなんだったのかと。もしかしたら貴行の目には女として映っていないのではないかと悩ましかった。

「陽奈子のあの姿に、俺が冷静でいられたと思っているのか」

毛布がはらりと落ちたときこそ驚いていた様子だったが、その後は普通となんら変わらなかった。

『そんな格好でいたら風邪ひくぞ』と。『じゃ』と、なに食わぬ顔をして部屋を出ていったではないか。それを冷静と言わずして、なんと言うのか。

陽奈子は力強くうなずいた。

「そんなわけないだろ。あれが夜だったら、即押し倒してた」

「……本当に？」

つい念押しすると、貴行はその目をぐっと細めた。

「誘っているように見られるのが嫌だとか言っておきながら、いったいどういうつもりだ」

意地悪な顔なのにやけにドキッとさせられる。

「それは……貴行さんが全然触れてくれないからであって……」

自分で言っておきながら相当恥ずかしい。陽奈子がしていたのは、まさしく誘惑だ。

「つまり陽奈子も、俺を好きってことでいいんだな」

気持ちを伝えるなら今だと意気込んだくせに、決まりが悪くてまともに顔を見られない。

「……たぶんそうだと思います」

「たぶんだと？」

貴行が不満そうに聞き返す。

「よし。そう言っていられないようにしてやる」

「えっ？　――きゃっ！」

一瞬のうちに視界が反転し、陽奈子の目に車の天井が映る。シートに押し倒されたのだ。

「ま、待って、貴行さん！」

思わず両手をつっかえ棒のようにして貴行の胸に押しあてる。

ここでするの⁉　いくら運転席との間が仕切られているからって……！

懸命に腕を突っぱねてみたものの、あっさりとはずされた。

「心配するな。スモークが貼られているから外からは見えない」

「そうじゃなくってて！」

「ここで最後までするつもりもない」

それじゃどこまで?と聞く余裕は、当然ながら陽奈子にない。

貴行は不敵に笑って陽奈子の両手を拘束すると、ゆっくりと上体を倒した。

もう一度重なる唇。優しく食《は》まれるようなキスがしばらく続いた後、貴行の舌がそっと陽奈子の中に入ってきた。

最初こそ慎重だった舌は次第に口内を荒々しく動き回り、陽奈子から酸素ごと余裕を奪っていく。角度を変えては上顎をなぞられ、強く舌を吸われる。

これまでに貴行に何度かされたものとは、まったく違うキスだ。

貴行の手をぎゅっと握っていなければ、意識をはっきりと保っていられないような感覚に身を委ねる。激しい熱情を感じて、唇の隙間から切れ切れの吐息が漏れた。

不意に後部座席の窓がノックされる。そうして初めて、車が停車していると気づいた。唇が解放され、横になったまま窓の外を見ると、そこは自宅の前だった。

どれくらいそうしてキスを重ねていたのだろう。時間の感覚はまったくないが、あのホテルからの距離を考えると、三十分は経過していると思われた。

もしかしたら運転手は、後部座席でなにが行われているのか気づいていたのではないか。だからノックをして、ドアを開ける合図を送ったのでは。

貴行に優しく体を起こされ、シートに座って服の乱れを直す。キスしかしていないが、ものすごく濃密な時間を過ごしたのはたしか。

きっちりとまとめていた貴行の髪が少しだけ乱れ、それがやけに色っぽくてドキッとさせられる。

「続きは降りてからだな」

一段高い音が胸の奥で鳴った気がした。

カーッと熱くなった陽奈子の頬に触れてから、貴行はドアを自分で開けた。

運転手の顔を見られずにそそくさと降りる陽奈子に対して、貴行はいつものように優雅な身のこなしで、ついさっきまで激しいキスをしていたとは思えないほど平然としていた。

貴行はスマートな仕草で運転手に「ありがとう。お疲れさま」と言うと、陽奈子の腰を引き寄せ歩きだす。

陽奈子は、その手に意思が込められているような気がして、運転手にぎこちなく頭を下げただけだった。

続きは降りてから――。

そう宣言した通り、貴行は玄関のドアを閉めるなり陽奈子を抱き上げた。

「——ひゃっ！　た、貴行さん、自分で歩けますからっ」

このままベッドへ直行なのは雰囲気でわかる。でも、階段を上がってふたりの寝室までこの状態で歩かせるのはどうかと思う。なにしろ陽奈子は細いほうではない。身長だって一六〇センチあるのだ。それなりにしっかりと体重はある。

「いいから黙って」

「黙ってって……！」

じたばたと抵抗していると、貴行はふと足を止めた。涼やかな視線が陽奈子を真っすぐに射抜く。

「落とされたいのか？」

「それは困りますっ」

すでに階段の途中。ここで落とされれば、お尻の強打は免れない。

「ならじっとしてろ」

「……はい」

陽奈子がしゅんと肩を落とすと、貴行はくすりと笑った。

階段を一段上がるごとに、陽奈子の緊張も増していく。ベッドルームが近づくにつれて心臓の音は大きくなり、貴行にまで聞こえているのではないかと心配だった。

貴行は陽奈子をベッドに下ろし、スーツのジャケットを脱ぎ捨てる。シュルシュルと音を立ててはずしたネクタイも、ベッドサイドにさっと放り投げた。

ワイシャツを脱ぎながら陽奈子に注がれる貴行の視線が、ほんの数十秒前とがらりと変わる。獲物を狙うような鋭さがあるのに、それでいてものすごく甘い。

陽奈子は目を逸らせずただベッドに座り、貴行の引き締まった逞しい体に見とれていた。

上半身だけ服を脱いだ貴行がベッドに上がると、陽奈子はいっそう体を硬直させる。緊張の度合いが半端ない。

「体の力を抜いて」

そう言われても、どうにもできない。カチンコチンだ。

「せっかく車でほぐしたのに、もう一度やりなおしだな。俺を誘惑しようとした心構えはどこいった？」

「あれは……！」

破れかぶれとも言える所業だろう。

「ほら、リラックスして」

無理だ。この状況下でリラックスなんて、どうしたらできるというのか。

貴行の手が髪に触れ、頬を伝って唇をなぞる。魅惑的な瞳に見つめられ、どうにかなりそうだ。

「〝たぶん好き〟なんて言えなくしてやる。俺以外、考えられないように」

体を引き寄せられ、唇が重なる。

車でされたキスより、もっと官能的で艶めかしい。ベッドにゆっくりと倒されたときには、〝たぶん〟などという曖昧な心は吹き飛んだ。そもそも、その言葉自体が照れ隠しだったのだから。

いつもひとりだったベッドに貴行の存在がある。それだけで心が満たされた気分だ。

何度となく求め合い、飽きもせずに抱き合った後に残ったのは、途方もない幸せだった。貴行の腕に包まれてまどろみながら、陽奈子は確かめ合った愛の余韻に浸る。

時折髪をすく貴行の指先がいたずらに頬に触れては、陽奈子をくすぐった。

「陽奈子は、いつその気になったんだ」

いきなり直球の質問が陽奈子に投げかけられる。

「いつって……。聞かないでください」

スケスケの格好をした過去は、もう忘れたい。

「いや、聞かせてもらうぞ」

絶対に引かないと強気な口調だ。

「それなら、貴行さんにも答えてもらいますよ？」

「いつから陽奈子を好きだったのかって？」

「はい」

自分の想いを伝えようとして、逆に貴行から想いをぶつけられるとは考えもしなかった。

「いいよ。そんなのいくらでも答えてやる」

少しは渋るかと思ったが、あっさりと言われて拍子抜けだ。

「でも先に陽奈子が答えてからだ。ほら、言え。言ってみろ」

「もうっ、どうして上から目線なんですか」

「俺はもともとこうだ」

「知ってますけど、もっと優しく聞いてください」

ピロートークなのだから、もう少しムードが欲しい。

すると、貴行は横向きの状態で体を少しだけ起こし、肘を突いた手に自分の頬をのせた。

まつ毛が長いなぁと思っているほんのわずかの間に、しっとりとしたまなざしで陽奈子を見つめてきた。

「言ってごらん」

声まで艶っぽい。

おかげでそれに反応した鼓動がドクンと大きく弾んだ。自分でねだっておきながら、このざまだ。

「も、もう忘れちゃいました」

「そんな答えで済むと思う？」

「で、でも、本当にいつの間にかなんです。本当は初夜のときもここで貴行さんが来るのを待っていたんですけど……」

ぼそぼそと口ごもる。まさか白状させられるとは思いもしなかった。

目を丸くし、貴行が陽奈子を見る。

「あの夜、俺を待ってたのか」

「……初夜ですから、一応」

陽奈子が顔を真っ赤にして答えると、貴行は深く長く、大きなため息をついた。

「俺はずいぶんと愚か者だな」

陽奈子はそんな貴行の様子がおかしくて、ついクスクス笑う。

「よし、初夜の仕切りなおしだ」

「えっ？」

貴行は体を起こし、再び陽奈子を組み伏せる。

「あの、貴行さん……？」

この体勢はどういう意味だろうか。わからずに貴行を見上げる。

「初夜の分を今からする」

「ちょっ、ちょっと待ってくだ――」

「待たない」

否応なしに体を拘束された。

それでも、落ちてきた貴行のキスを寸止めする。

「そ、その前に！　貴行さんも聞かせてください」

いつから陽奈子を好きでいてくれたのか。どうして好きになってくれたのか。

「マルタ島、か？」

「〝か？〟って、疑問形なんですか？」

「いや、悪い。マルタ島で会ったときにはもう好きだったんだろうな。だからキスした」

あのときから⁉

まさかマルタ島の時点でそう思ってくれていたとは。

「あんまりお人よしすぎて危なっかしいからだ」

「……そんなに危なっかしいですか？」

危険が迫るような事態に陥ったことはないし、そんなものとは縁遠いと思うけれど。

「かなりね。日本へ帰ってきて、必死に陽奈子を捜した」

「え？　じゃ、たまたまじゃないんですか？」

ツキシマ海運の下請けである豊の工場の借金を知り、その技術欲しさに結婚を申し入れたのではなかったのか。その工場の娘が、偶然陽奈子だったのではなかったのか。

てっきりそうだと考えていた。

ところが貴行はゆっくりとかぶりを振った。

「陽奈子を見つけたのが先だ。お義父様の借金と技術は後づけ。お人よしの陽奈子に付け込んだんだ。工場を人質にすれば、陽奈子は俺との結婚から逃げないだろうとね」

「……そこまでして私を？」

「そうだ。式を早く挙げたのも、陽奈子の心変わりを防ぐため。やっぱり結婚しないと言って逃げられないとも限らない」

思いもしない貴行の告白だった。

陽奈子の父親が借金で苦しんでいるところにたまたま現れたわけではない。貴行の意思をもって、陽奈子と再会したのだ。

「全然気づかなかった……」

「だろうな。陽奈子は鈍感っぽいから」

「――ふ、っんん」

鼻をつままれてもがくと、貴行がクククと笑う。

「貴行さん、意地悪すぎる」

「そうか？　陽奈子がかわいいから、ついいじめたくなるってことにしておけ」

「しておけって、なんですか」

唇を尖らせて反発すると、貴行はその唇に人さし指をそっと押しあてた。

「そろそろ黙って」

貴行は陽奈子を見つめて、自身の唇を引き結ぶ。

陽奈子がドキッとして身じろぎをすると、貴行はふっと軽く笑みを浮かべてから陽奈子に口づけた。

なにげない日常

青白い光が満ちた薄暗い部屋のテーブルに、コトンと音を立てて缶コーヒーを置く。

「差し入れなんて珍しいな。なんかいいことでもあったか？」

パソコンのモニターから顔を上げた誠が、貴行に向かって白い歯を見せた。

「べつに」

そう言ったものの、口もとはどうしたって綻ぶ。それを手で隠すようにして誠を見下ろした。

「いいや、貴行がこういう妙な真似をしたときは、たいていそんなときだ。幼なじみの俺をなめんなよ？」

「ないって言ってるだろ」

ようやく妻を抱けたなんて情けない白状をすれば、それこそ命が尽きるまで誠にからかわれ続けるだろう。女に百戦錬磨のお前がなにを血迷っているのかと。そんな事態はごめんだ。

「ヘイヘイ。それならそうしておこう」

カチッと音を立てて、誠が缶コーヒーのプルタブを開ける。よほど喉が渇いていたのか、誠はそれをひと思いに飲み干してテーブルに置いた。

「陽奈ちゃんとの新婚生活はどうだ」

「〝陽奈ちゃん〟？　なれなれしい呼び方はよせ」

「いいだろう？　べつに減るもんじゃないし」

「お前が呼ぶと減るんだよ」

貴行が持っていた自分の分の缶コーヒーを誠の頬に不意打ちであてる。

「っつめて！　なにすんだよ」

「無駄口たたいてないで、サクサク仕事しろ」

「言われなくてもしてるっての。ったく人使いが荒いねぇ」

誠は愚痴を言いながら、再びモニターに向かった。

ローマ字のコード表がつらつらと流れていき、キーボードのすばやいタイピング音が部屋に響く。

「安西大和に会った」

貴行の言葉に、誠は一瞬だけ手を止めて「……誰だそれ」と聞き返した。

「五年前の輸送船とタンカーの事故で、責任を感じて自殺した航海士の息子」

葬儀で会ったきりだから最初はピンとこなかったが、陽奈子に名前を聞いて気づいたのだ。

五年前、『どうして親父が死ななきゃいけないんだ!』と貴行の父親に食ってかかったのは今でもよく覚えている。

「あぁ、あの事故で責任を感じて自殺した男のか。で、どこで?」

「陽奈子が働く店」

まさかあそこで会うとは思いもしなかった。大和が貴行に気づいたかは不明だ。

「客としていたのか」

「いや、そこの店長だ」

「……それ、大丈夫なのか?」

再び手を止めた誠が貴行を見上げる。

誠の言いたいことはわかる。父親の死に不満を抱いている息子が、陽奈子のそばにいるのだ。身の危険はないのかと言いたいのだろう。

陽奈子がツキシマ海運の社長と結婚した話は、大和も当然聞いているはず。これまでに陽奈子から、大和になにか言われたとの話はないが、用心するに越したことはないかもしれない。

「そのほうがいいだろうな。俺の手助けが必要になったらいつでも言えよ」

「注意して見ておくよ」

誠は真剣な様子でそう言い、再びキーボードを打ち始めた。

安西家に対しては、ツキシマ海運でできうる限りの補償をしている。それは亡くなった航海士の妻も感謝しているくらい多大なものだ。

葬儀のときこそ不満を爆発させたが、五年経った今、息子の大和も納得していると は思うが……。

「ひとつ報告だ。システムティービズをうちのシステムから徹退させることになった」

今朝早く、システムティービズの岡崎から昨夜の件について謝罪の連絡が入ったが、貴行は頑として契約の打ち切りを覆さなかった。陽奈子の一件があったのはもちろん、頻繁にハッキング未遂の起こるシステムでは話にならない。

「ほぅ？　どうしてまた？」

手を止めずに誠が聞き返す。

「誠がうちの専属になればいい」

何人、何十人とエンジニアを集めても、誠ひとりにはかなわない。

「おいおい、俺は縛られるのはごめんだ」

「縛るつもりはない。システムさえ構築してくれれば、どこにいたっていいさ」

「まあね。でもなんだって急に？」

「誠に話して聞かせるような話じゃない」

陽奈子を侮辱した薄汚い男の話など、口にするのも忌々しい。顔を思い出しただけで虫唾が走る。

「ま、俺には関係ないけどさ。ただし、少々高くつくぞ？　なんせ藤谷誠様直々の設計だ」

「幼なじみじゃないか、負けろ」

「大企業の社長が聞いてあきれるな。――っと、きたぞ」

椅子に背中を預けていた誠が、いきなり前のめりになる。モニターにぐいと顔を近づけ、応戦体勢だ。

〝ネズミ〟が現れたらしい。誠が仕掛けた〝偽の情報〟に侵入してきたのだろう。

「よしよし。URLストリングとCookie《クッキー》のセキュア属性を見にきたぞ。コイツは確実に〝黒〟だな。そのまま延々と〝ゴミ情報〟を読みやがれ」

誠は不敵に笑い、肩を揺らす。モニターの青白い光が眼鏡を照らした。

「いつものヤツか？」

「ああ」

　誠のトラップに触れた瞬間、その攻撃者の特徴を示す〝デジタル指数〟、いわば指紋のようなものが作成され、その情報が蓄積されているのだ。使用ＯＳ、Ｗｅｂブラウザの種類やバージョン、プラグイン、キーボードの言語など二百以上の属性を瞬時に収集している。

「ただ、コイツの面倒なところは、追跡をかわすためにＩＰアドレスを変えたりするところなんだよ。特定を困難にさせてる」

　時代とともにハッキング技術も進み、現在はもはや企業単独で対抗できる攻撃レベルではなくなりつつある。ツキシマ海運に幾度となく侵入を試みているハッカーも、相当な技術の持ち主だろう。なにしろ誠が手を焼いているのだから。

「まぁ、今回も俺が丹精込めてつくったゴミ情報だけしか盗めないけどね」

「とにかく、役員の承認も得ているから、よろしく頼む。契約書も早急に作っているところだ」

「ヘイヘイ。あーあ、また寝不足の日が続くわけか」

「頼りにしてるぞ」

　誠の肩をトンと叩き、貴行はその部屋を後にした。

その日の午後五時。貴行は社用車の後部座席から降り立ち、オフィスビル一階に位置するオーシャンズベリーカフェを少し離れたところから眺めた。大きなガラス窓の奥に陽奈子の姿を見つけ、つい笑みがこぼれる。

陽奈子はお客にてきぱきと対応し、次から次へと注文の品を作っている。とびきりの笑顔でドリンクを手渡された若い男性客は、陽奈子を盗み見るようにして何度もチラチラと視線を投げかけながら、店内のテーブルについた。

あの笑顔を向けられれば、そうなる気持ちもわからなくはない。とはいえ、貴行が複雑な心境になるのも事実だった。

こっそり店内に入り、お客の列に並ぶ。いよいよ貴行の番となり、カウンターに足を勧めた。

「いらっしゃいませ。ご注文は――」

ほかのお客相手同様の口上で顔を上げた陽奈子は、貴行に気づいて口を開いたまま数秒間フリーズした。幽霊でも見たような顔だ。

「貴行さん！　どうしたんですか？」

「仕事が早く終わったから、陽奈子を迎えにきた」

陽奈子が大きな声を出したせいか、店内のあらゆるところから視線を一気に浴びた気がする。

「ありがとうございます。でも……」

どうやら陽奈子のほうはまだ仕事を上がれない様子だ。うしろを振り返り、困ったような表情になる。

「それなら車で待ってるよ」

責任を持って仕事をしている陽奈子に無理をさせるわけにはいかない。

貴行が「じゃ」と手を上げたところで、大和が奥からひょっこりと顔を覗かせる。

自己紹介を兼ねて挨拶すべきかどうか迷ったが、ひとまず頭を下げるにとどめた。

「陽奈子ちゃん、今日はもう上がって平気だよ」

「ですが、もう少しくらいなら」

「いいからいいから」

大和は、陽奈子の申し出を笑顔で制止する。

どうやら顔を出すべきではなかったようだ。おとなしく外で待っていればよかった。陽奈子の顔見たさにのこのこ店内までやって来たが、貴行は仕事の邪魔をしただけらしい。

「陽奈子ちゃんの旦那様ですよね？　安西大和と申します」

まるで初対面のような言い方が引っかかる。貴行がツキシマ海運の社長だと知らないわけではあるまい。

「大和さんには、いつもよくしていただいているんです」

陽奈子の言葉を受けて、貴行も軽く頭を下げる。〝よくしていただいている〟の意味を勘繰って、貴行の心がざわついた。

「月島です。いつも妻がお世話になっております」

「せっかくですから、陽奈子ちゃんが作る一杯を飲んでみてはどうです?」

あくまでも貴行を知らないスタンスを貫く大和が、ニコニコと屈託のない笑みを浮かべる。

もしかしたら、父親の恨みを抱いているのではないかと疑うのは杞憂《きゆう》なのか。

「そうですね。そうさせてもらいます」

どちらとも判断がつかず、貴行も表面的な笑顔で返した。

それに気をよくした陽奈子がうれしそうに大和の横に並ぶ。

「貴行さん、なにがいいですか?」

「ホットにするか」

メニュー表をさっと眺めて無難に答えたが、陽奈子には不満だったらしい。

「え？　ホット？　もう少し手の込んだものにしません？」

「手の込んだものってなんだよ」

「たとえば、カフェモカとかカフェラテとか。あ、フラッペもいいですね」

人さし指でメニュー表を追いかけながら、陽奈子があれこれと商品名を並べ立てる。

「それじゃ、陽奈子が作りたいものにしたらいい」

「いいんですか？」

陽奈子はうれしそうに顔をパッと明るくさせた。

「じゃ、ちょっと待っててくださいね」

「支払いは？」

早速カウンターから離れかけた陽奈子を呼び止めると、「あっ、そうだった」とハッとする。

「おいおい、大丈夫か？」

「大丈夫ですってば。貴行さんがいきなり来るから調子が崩れただけです。いつもはしっかりできているんですから」

もちろん貴行も陽奈子を疑っているわけではない。

支払いを済ませて待つこと三分。商品の受け渡しゾーンで陽奈子が「お待たせいたしました」と、カップを差し出す。生クリームがたっぷりのった、糖分過多が気になる一品だ。

「甘そうだな」

「おいしいですから、騙されたと思って飲んでみてください」

思わず顔をしかめる貴行に、陽奈子はカップをぐいと突き出した。

普段からコーヒーはブラック。貴行はどちらかといえば甘いものが苦手なほうだ。とはいえ、せっかく陽奈子が作ったものを飲まないわけにはいかないだろう。「ありがとう」と受け取ると、陽奈子はうれしそうに笑った。

陽奈子が着替えて出てくるのを車のそばに立って待つ。

ひと口飲んでみたそれは想像していたほど甘くはないが、そこはやはり生クリーム。ひとりで飲み干すのはキツいだろう。

しばらくすると、店のほうから陽奈子が小走りに来るのが見えた。

そんなに慌てなくてもいいのに。やけに必死な陽奈子の様子を見て笑みがこぼれる。

陽奈子を前にすると、いつの間にか自分が笑顔になっていると気づく。言葉を交わさなくても、彼女を見ているだけで無意識に笑顔になるのだ。そんな不思議な感覚は、初めて会ったときから変わらない。

陽奈子が自分を形容して言う〝誘っているような顔〟というのは、人のよさが顔に現れるためだろう。優しさがにじみ出ているから、男の心をくすぐる。そんなふうだから貴行は放っておけなくなるのだ。

「お待たせしました」

息を弾ませ、陽奈子がやって来た。

「お疲れさま」

「それ、どうですか？　おいしいでしょう？」

目をキラキラさせて貴行を見上げる。そんな顔をされれば否定はできない。

「ん？　あぁそうだな」

「その微妙な返事はなんですか？」

即座に眉根を寄せる。

そんな怒った顔ですらかわいいと思うのだから、貴行は陽奈子に相当首ったけだ。

自分がおかしくて鼻を鳴らすと、陽奈子は「どうして笑うんですか」と、今度は唇を尖らせた。

その唇をかすめるようにしてキスをする。

「なっ……！」

陽奈子は目をまん丸にして体を硬直させながら、頬を一瞬で真っ赤に染めた。つい
さっき貴行が店に現れたとき以上に驚いた様子だ。

「なにをするんですかっ」

「なにって、キスだけど」

小声で異議を申し立てる陽奈子に、貴行は悪びれもしない。

「そうじゃないです。人がたくさんいるのに……！」

帰宅時間と重なり、歩道にはたしかに多くの人がいる。だが、たいていは無関心で、
今のキスを目撃したところでなんとも思わないだろう。

「俺は、こっちより陽奈子の唇のほうがうまい」

正直に切り返し、陽奈子を後部座席に押し込め、自分もその後に乗り込んだ。

走り出してすぐ、持っていたカップを陽奈子に手渡す。

「陽奈子が飲むといい」

「せっかく貴行さんに作ったのに」

「俺が飲むコーヒーは、いつもブラックだろ」

ガッカリしたようにシートに背中を預けた陽奈子に言うと、彼女はハッとしたよう

に上体をシートと直角に戻した。

「そうでしたっ」

毎朝コーヒーを淹れるのは陽奈子だというのに、すっかり頭から抜け落ちていたらしい。

「ごめんなさい」

「俺の好みには興味がないってわけだ」

意地悪を言うのは、陽奈子が愛しいから。ついいじめたくなるのが、男の性というものだ。

「そうじゃないです」

首をぶんぶん横に振り、貴行の好物を指折り数えてあげ連ねる。こんなにも知っているんですよというアピールだ。

そんな一生懸命さが、たまらなくかわいい。

「そのわりには、あの店長にはいろいろとお世話になってるみたいだな」

〝いろいろ〟を無意識に強調する。

これが嫉妬というものなら、自分も落ちぶれたものだと思いながらも、嫌だという気持ちにはならない。

「それは言葉の綾じゃないですか」

「冗談だ」

ククと笑いながら陽奈子の髪をさらりとなでる。

「俺以外に考えられないように、陽奈子には昨夜しっかり仕込んであるしね」

そう言った途端、陽奈子の顔がりんごのように真っ赤に染まる。昨夜のふたりの初夜を思い出したみたいだ。

「た、貴行さんの意地悪」

ぷいと顔を背け、ストローを勢いよく吸い込む。カップの中身がみるみるうちに減っていく。そしてあっという間に空になった。

照れ隠しなのがわかるからこそ愛らしい。

「全部飲んじゃいましたからね！　飲みたかったたって言っても遅いですから」

「いいよ、俺はこっちで味わうから」

陽奈子の肩を抱き寄せ、その唇を奪うように口づけた。

手ごわい相手には優しさを

　貴行と気持ちを通わせてから早いもので一ヶ月が経過し、季節は夏真っ盛り。連日、蒸すような暑さに見舞われている。

　新婚生活は軌道に乗り、陽奈子はカフェでの仕事のかたわら、貴行のサポートに日々奮闘中だ。

　今日は仕事が午後から半日のシフトのため、午前中に貴行の母、阿佐美とお茶をしてから店に向かった。

　駅の改札を抜け、強い日差しの中、高層ビル群の谷間を歩く。なるべく影になるところを選びたいが、ちょうど太陽がてっぺんにいるため、なかなかそうもいかない。日傘を持ってくればよかったと後悔しながら、ハンカチで額ににじんだ汗を拭っていると、陽奈子の目線の先に女性が座り込んでいるのが見えた。歩道脇の植え込みの縁石に座っている。

　最初はただ単にそこに腰を掛けているだけなのだろうと思ったが、どうも様子がおかしい。胸のあたりを押さえ、苦しそうに見えるのだ。そのうえ、どこか見知った顔のようでもある。

もしかして……。

貴行の伯母、智子にそっくりだ。

急いで駆け寄ってしゃがみ込むと、予想通りそれは智子だった。やはり顔色が悪い。

「どうされたんですか?」

陽奈子を見て智子の目が鋭くなる。

「……べつにどうもしないわよ」

そんなわけはないだろう。どう見ても具合の悪い顔だ。声にも張りがなく、結婚式のときに陽奈子に対してとった威勢のよさは、みじんも見られない。

「ですが、顔色が……。どこかお加減が悪いんじゃないですか?」

「放っておいてちょうだい」

肩に置いた陽奈子の手を邪険に払う。その手すら、か弱い感じだ。

「いえ、放っておけません。とりあえず立てますか?」

「平気よ。少し座っていればよくなるから」

「ダメです。ここでは日差しもありますから、せめて日陰に行きましょう」

智子の腕を掴み、強引に立たせる。

陽奈子に対する嫌悪感よりも体調不良のほうが勝ったのだろう。最初こそ拒んでいたが、陽奈子に従いよろよろと歩きだした。かといって、日陰で休めるような場所はすぐそばにはない。

「私が働いている店が近くにありますから、そこで休みましょう」

店まではおよそ五十メートル。おぼつかない足取りの智子を支え、なんとかたどり着いた店のドアを開けると、真っ先に気づいた大和が「どうしたんだ⁉」とカウンターから飛び出してきた。

「具合が悪いみたいで」

「横になったほうがいいな。スタッフルームならソファがあるから、とりあえずそこで休んでもらおう」

「ありがとうございます」

大和の許可を得て、智子を抱えるようにしてスタッフルームに入った。

窓際のソファに寝かせられホッとしたのだろう。智子はふぅと細く長く息を吐いた。氷で冷やしたタオルを大和が持ってきてくれたため、それを智子の額にあてる。

「救急車、呼ばなくて平気か？」

「そうですよね……」

大和に言われて悩んでいると、薄目を開いた智子が「大丈夫よ」とつぶやく。でも、その声はかすれている。かろうじて出しているようだ。

「なにかあったら大変なので、やっぱり救急車を呼びますね」

「平気だって……言ってるでしょ。救急車なんて、大騒ぎになるようなことは……やめてちょうだい」

言葉自体はキツいが、弱々しさに変わりはない。息も途切れ途切れだ。

「それじゃタクシーで病院へ行きましょう」

それなら文句はないだろう。このままここで体調が悪化したら大変な事態になる。

「よし、それじゃ、すぐに呼ぶよ」

大和がポケットからスマートフォンを取り出してタクシーを手配した。

「それと申し訳ないんですが、知り合いなので病院へ付き添ってもいいですか？」

シフトに入っているのに、急な変更は迷惑をかけるが、このまま智子をひとりでタクシーに乗せるわけにはいかない。

「陽奈子ちゃんの知り合いだったのか。お店は心配しないで大丈夫」

大和はふたりを見比べるようにしてから親指を立てた。

「ありがとうございます」

数分後にやって来たタクシーに乗り込み、近くの総合病院へ向かう。

車の中でも、智子は青白い顔でずっと目を閉じたまま。平気だと言っていたが、強がりだろう。

「すぐに着きますからね」

智子の額ににじんだ脂汗をタオルで拭ってては声をかけた。


救急で診てもらった結果、医師から告げられたのは鉄欠乏性貧血という病名だった。智子の場合はフェリチンという値がほぼゼロに近いようで、極度の貧血とのこと。病室で鉄剤の点滴を打ちつつ、今夜は大事をとって入院となる。

診察を待っている間に貴行と阿佐美に連絡を入れたが、貴行は会議中で病院へは来られないという。阿佐美は智子の夫を連れて、すぐにこちらへ向かうそうだ。

その到着を待つ間、陽奈子は特別室で休んでいる智子のベッドサイドに静かに腰を下ろした。

「貧血なんて柄じゃないのにって、心の中で笑ってるでしょ」

点滴で少し容態が回復したのか、智子が早速憎まれ口をたたく。陽奈子を不満そうな目で見た。

「笑ってないです。でも、元気が出たようでホッとしました」

顔にも血色が戻りつつあるし、なによりも智子の目に力が感じられる。道端で見つけたときには、それこそそのまま意識を失うのではないかと思うほどだったのだから。

「あなた、私を憎いはずでしょ？　どうして助けたりしたのよ。放っておけばよかったじゃない」

眉間に深く皺を刻んではいるものの、どこかいじけているようにも見える。

智子とはこれまでに数える程度しか会ってはいないけれど、強いオーラで尖った大きな岩のような印象が、今はずいぶんと丸みを帯びて感じた。

「そうはできないです。それに、憎いなんて思ってないですから」

「嘘ばっかり。だって私、あなたにひどい態度しか取ってないのよ？　私だったら、無視して通り過ぎるわ。それこそ〝ざまぁみろ〟ってね」

上品な智子に似つかわしくない言葉が飛び出したものだから、陽奈子はついクスッと笑ってしまった。

「あら、なぁに？」

キッとにらまれて、慌てて姿勢を正す。

「いえ、すみません。ですが、伯母様のおっしゃっていたことは間違っていませんから。それに貴行さんと結婚した以上、私にとっては伯母様も大事な家族ですから、ざまぁみろとも思いません」

　上辺だけの言葉では決してない。その場を取り繕ったわけでも嘘でもない。貴行の伯母ならば、陽奈子にとっても同じだから。

「あなた、ずいぶんとお人よしなのね」

「……よく言われます」

　よくよく考えてみれば、それがきっかけで貴行との結婚に結びついたのだから、結果オーライな気がしなくもない。

「貴行さんには不つり合いだと十分わかっていますし、伯母様のお言葉は、月島家を大切に思うからこそのものだとも。立派な家柄のご令嬢を貴行さんのお嫁さんにして、月島家とツキシマ海運に安泰をと考えるお気持ちもよくわかります」

　結婚した今でも、本当に自分でよかったのかと思う部分もある。なんのうしろ盾もない陽奈子では、月島家が受ける恩恵は少ないから。あるのは、豊の工場の製品くらいのものだ。

「わ、わかっていればいいのよ、べつに」

　智子の目が泳ぐ。陽奈子が素直にそう言うとは、思ってもいなかったようだ。

「でも私、貴行さんを好きなんです。だから、それだけはおわかりいただけないでしょうか……」

智子が離婚を望んでいたとしても、それだけはどうしても譲れない。

陽奈子が智子に頭を深く下げたときだった。病室のドアがノックとともに開かれ、そこから阿佐美と智子の夫がドタバタと入ってきた。

「お義姉様、大丈夫⁉」

「おい、驚くじゃないか！」

重なったふたりの声は、智子が「ここは病室なんだから静かにしてちょうだい」と注意するほど大きかった。

「大丈夫よ。陽奈子さんが大げさだから。少し休んでいれば平気だって言ったのに、病院にまで連れてこられちゃったわ」

すっかりいつもの調子に戻ったようだ。

そんな智子の様子を見て、陽奈子もホッと息をつく。

「とかいって入院じゃないか。陽奈子さんが居合わせなかったら、どうなっていたかわからないんだぞ？　陽奈子さんに感謝しなさい」

「あっ、いえっ、お気になさらないでください」

焦りながら両手を胸の前で振る。

夫に軽く叱られ、智子は唇を尖らせた。

「陽奈子さん、本当に悪かったね。扱いの難しい人だから大変だっただろう？」

「いえいえ、大丈夫ですから」

「本当にありがとうね、陽奈子さん」

ふたりにそこまで言われると恐縮してしまう。あたり前のことをしただけであって、そんなに感謝されると逆に困る。

「あの、それでは私はこれで失礼いたします」

ふたりが来たから、もう安心だろう。仕事も放ってきたから、早く戻らなくては。

病室のドアを閉めるまで、陽奈子はふたりから何度も頭を下げられたのだった。


陽奈子が店に戻ったのは、午後五時までもう間もなくという頃だった。

大和にも、大事には至らなかったと報告。疲れただろうから、今日はいっそ休みにして帰ってはどうかと提案された。

しかも、オーシャンズベリーカフェの東京本社へ行く用事のある大和が、ついでに自宅まで車で送ってくれると言う。ハプニングを見ていたほかのスタッフにも「そうしてもらいなよ」と何度もせっつかれ、大和の厚意に甘えることにした。

ビルの前まで大和が回してきてくれた黒いコンパクトカーに乗り込む。自宅のおおよその場所を告げると、車はなめらかに走り出した。

「本社へはよく行くんですか？」

「一ヶ月に一度、店長会議があるからね。今日は人事部から呼び出されたんだ」

「そうなんですね」

大和によると、新しい店舗が出店になるから、それ絡みの人事異動の話だろうという。今の店に赴任してからもそれほど経っていないから、勤務先がちょこちょこ変わるのは大変だろうなと他人事ながら思う。

「さっきの女性は、陽奈子ちゃんの親戚かなにか？」

「あ、はい。主人の亡くなったお父様のお姉さんなんです」

「……月島の人間だったのか」

大和の返事に、一瞬だけ間が空く。表情も少しだけ曇ったように見えた。

「月島がなにか……？」

なんとなく違和感を覚えた陽奈子が問いかけると、大和は「あ、いや」とすぐにいつもの様子に戻る。

「ツキシマ海運なんて大企業に嫁いで大変なんじゃないか？」

「そうですね、大きな会社ではありますが、彼のご家族もみなさん、いい方たちばかりなので」

　ほんの少しの脚色は許されるだろう。病院に付き添った今日も最後まで〝余計なことをして〟という態度を崩さなかった智子は、陽奈子に好意的でないのは事実だが、決して悪い人ではない。

「大和さんも彼女がいらっしゃるってお話ししていましたよね。ご結婚も考えているんですか？」

「うーん、そうだなぁ。今すぐは厳しいかな。俺もどうなるかわからないし」

「どうなるかって？」

　どこか意味深に聞こえ、陽奈子が聞き返す。

　まるで、明日でさえ自分がどうなるかわからないような言い方だ。

「あ、いや、ほら、人事部に呼び出されたわけだし、どこか遠くの店への内示かもしれないだろう？」

「言われてみればそうですね」

　生活の拠点が不安定では、なかなか結婚を考えられなくて当然だ。

「いつどんなタイミングで結婚になるかわからないから、もしかしたら一ヶ月後には陽奈子ちゃんに報告する可能性がないとは言いきれない」

「ふふふ。私のように、ですね」

相手との顔合わせから、ほんの数週間のうちに結婚して一緒に暮らしているのだから。人生、なにが起こるかわからない。

「そうそう。陽奈子ちゃんだって、自分でもびっくりのタイミングだっただろう？」

「はい。本当にびっくりでした」

ひとり旅が初めての海外だって自分的には驚いたのだ。結婚はそれ以上だ。早送りというよりは、コマ送り。ポーンと一気に画面が切り替わった感覚に近い。

それでも貴行という人間と結婚できたのは、陽奈子にとってなににも代えがたい幸せ。その幸せはなんとしても守っていきたい。

大和の運転する助手席で、陽奈子はひっそりとそう考えていた。

その夜、貴行が帰宅したのは、陽奈子がキッチンで夕食の準備をしているときだった。出迎えるつもりでいたのに、貴行は自分で鍵を開けて入ってきたようだ。

「おかえりなさい」

タオルで手を拭きながら振り返ったところを貴行に抱きしめられた。

「ただいま。今日は悪かったな、病院へ行けなくて。伯母さんのこと、本当にありがとう」

「いいえ。すぐにお義母様がいらしてくださったので。伯母様も心配はなさそうです」

貴行によると、昔から智子には貧血気味なところがあったという。今日は暑さも災いして、気分が悪くなったのだろう。

「さんざん嫌みを言われているのに、陽奈子は本当にお人よしだな」

「でもそれは月島家を思うからこそですし。それに、伯母様は私の家族でもありますから」

思ったままに答えると、陽奈子を引き離した貴行は優しく微笑んだ。

「ありがとう」

そう言って額にキスを落とす。

「ほんとに俺の奥さんって人は」

「……なんですか？」

「かわいくて仕方がない」

困ったように笑ってから、今度は唇にチュッと軽く口づける。

「病院に付き添って疲れただろ。俺も手伝うよ」

ネクタイを緩め、ワイシャツの袖をまくり上げる。

「大丈夫ですよ。店長に家まで送ってもらったので」

陽奈子がそう言うと、貴行は手を止めてじっと陽奈子を見た。いつになく鋭いまなざしだ。

まずい話を口にしたと思っても、もう遅い。

「あ、あの、オーシャンズベリーカフェの本部に用事があったらしく、車を出すついでに送ってくれたんです」

言い訳がましく続けると、貴行は大きくため息をついた。

さっきまでの甘い雰囲気はどこへいったのか。

「簡単に男の車に乗るものじゃない。なにかあったらどうするつもりだ」

「なにかって。なにもないから大丈夫ですよ」

貴行の言いたいことはわかる。大和が男だから心配しているのだろう。

でも、大和には彼女もいるし、陽奈子をどうこうしようと考えるような男でもない。

「陽奈子はそういうところが甘い」

表情を険しくさせて、「だから男に付け込まれるんだ」と続ける。

そんな……。

胸がきゅっとつぶされる思いがした。貴行にそう言われると、とてもつらい。

以前、マルタ島で人からよくそう言われると話したときには、そんなことはないと言ってくれたから余計だ。その言葉で陽奈子がどれだけ救われたか。陽奈子はなにも言えずに唇を噛みしめた。

「……いや、ごめん。そんなつもりじゃないんだ」

すぐに訂正した貴行の顔は曇ったまま。

「先に風呂に入ってくる」

陽奈子の頭をポンとなで、バスルームに向かった。

忍び寄る黒い影

翌日。貴行は社長室で秘書の歩美とスケジュールの確認をしていた。

昨夜は言ってはいけない言葉を陽奈子に投げつけ、最悪の雰囲気にしてしまった。

傷ついたような陽奈子の顔は、一夜明けても貴行の心を締めつける。

シャワーを浴びて気分を変えてから謝ろうとしたが、キッチンに陽奈子の姿はなく、用意された夕食が残されているだけだった。

悪気はなかった。ツキシマ海運にかかわりのある安西大和の存在に惑わされ、陽奈子を送ったという事実に嫉妬しただけの話。すぐに寝室に向かったが、ドアの前でノックしようとした手を止め、書斎にこもる道を選んだ。

いったいなにをやっているのか。情けない。

仕事中だというのに、深いため息をつく。

すかさず歩美が「お疲れですか？」と気遣った。

「いや。……高畠さんは夫婦仲、うまくいっているのか？」

「社長、それはセクハラですよ」

そう言いながらも、怒った様子はない。優しい微笑みを浮かべ手帳から顔を上げる。

「そうだな。悪かった。忘れてくれ」

貴行はひらりと手を振って椅子にもたれるが、歩美は反して口を開く。

「たまにケンカはしますけど、うちはうまくいっているほうだと思います」

「そうか。それはなにより」

「奥様とケンカされたんですか？」

ズバリ聞かれ、貴行は思わずむせた。

「セクハラだぞ」

「最初に聞いてきたのは社長だったと記憶しておりますが？」

いたずらな笑みを浮かべ、歩美が首をかしげる。

たしかにその通りだ。咳払いをして体を起こす。

「では聞こう。ケンカしたときはどうしてる？」

「どうもこうも、どちらかが謝って終わりですよ。そんなにいつまでも引きずったってお互いに嫌な思いをするだけですから。うちはたいてい、主人がスイーツを買ってきて私のご機嫌を取るパターンです」

「なるほど。まぁ男から謝るのが丸く収まるんだろうな」

とはいえ昨夜の場合、悪いのは全面的に貴行だ。

今夜は食事にでも誘おう。

貴行は気を取りなおしてスケジュールの確認に戻った。


その夜の六時半。貴行は懐石料理店の個室で、陽奈子を待っていた。新緑が鮮やかな中庭がよく見え、網代天井で格式のある落ち着いた座敷だ。きっと陽奈子も気にいるだろう。

昼間、陽奈子に連絡を入れると、不覚にも先に彼女から謝られる始末。『俺のほうこそごめん』と出遅れる情けなさといったらない。ともかく陽奈子との仲直りは済み、ここで待ち合わせる約束になったのだ。

ところが、七時を過ぎても肝心の陽奈子が現れない。六時までの勤務だから、タクシーでここへ向かえば六時半には着く距離だ。腕時計を何度も確認しつつ、襖《ふすま》に視線を配る。

渋滞にでもはまったか。

胸ポケットからスマートフォンを取り出してみるが、陽奈子からメッセージが入った様子はない。なんとなく胸騒ぎを感じた。

陽奈子の連絡先をタップし、電話をかける。ところが呼び出しはするものの、いくら呼び続けても陽奈子は出ない。

心臓が激しく打ち、真っ黒な予感に包まれていく。店まで迎えにいけばよかったと後悔に襲われた。

とにかくここでじっとしていても仕方がない。女将に陽奈子が到着したら連絡が欲しいと言い置き、貴行は店を出た。

「なにかございましたか？」

車で待っていた運転手に不思議に思われたが、それには答えず、陽奈子の店へ向かうよう告げる。走り出してからも陽奈子のスマートフォンを鳴らしたが、さっきと状況は変わらない。呼び出し音だけが虚しく響くだけだった。

オーシャンズベリーカフェのあるビルの前に車を止め、店まで走る。気持ちばかりが先をいき、足が間に合っている気がしない。ドアを勢いよく開けると、そこに店長である大和の姿があった。

……どういうことだ。大和が陽奈子を連れ出したのではなかったのか。

貴行は、ツキシマ海運に恨みを持った大和が、陽奈子に危害を加えようとしているのではないかと考えたのだ。

その大和は目の前にいる。

ほかに心あたりがないため、貴行は大きく動揺した。

「あの……陽奈子ちゃんなら帰りましたけど？」

大和が不思議そうに貴行を見る。

「……何時頃こちらを出ましたか」

「いつも通り六時過ぎに」

だとすれば、やはりどこかで渋滞か事故にでも遭ったのだろうか。いやしかし、貴行がここまで来る途中、そんな様子はなかった。それならば、電車で向かって、どこかで足止めをされているのか。だがそうだとしても、電話に出るくらいできるだろう。

「あの、ちょっとよろしいですか？」

あれこれ考えている貴行に、大和が申し訳なさそうに声をかける。

「安西大和といいます。私のこと、覚えていらっしゃいますか？」

予告なしに尋ねられ、一瞬面食らう。

「安西さんの息子さん、ですよね」

「ええ、そうです。陽奈子ちゃんがいるときはなんとなく言い出しづらかったものですから。ご挨拶が遅れてすみません」

「いえ、こちらこそ失礼いたしました」

互いに頭を下げ合う。

こういった展開になるとは思いもせず、貴行はにわかに動揺した。

「父の葬儀の際は申し訳ありませんでした。非礼をお詫《わ》びします」

暴言を吐かれたときのことを思い返した。

しかし、あのときは取り乱しても仕方のない状況だ。貴行もそれについては物申すつもりはない。

「十分すぎるほどの補償をしていただき、母ともども、とても感謝しております」

大和はもう一度深く頭を下げた。

「大変有能な航海士だったとうかがっております。私どもも本当に残念です」

大和が陽奈子に危害を加えるのではないかというのが、取り越し苦労だったと思い知る。

それじゃいったい、陽奈子はどこへ？

そのとき、貴行のスマートフォンが胸ポケットから振動を伝える。

——陽奈子か⁉

慌てて取り出してみれば、それは誠からの着信だった。こんなときになんなんだ。

「月島だ」

『おいおい、出るなりなんだよ。ずいぶんと苛立ってるじゃないか』

不機嫌に出た貴行を電話の向こうで誠が諌める。

苛立つのも当然だと鼻息が荒くなった。

「今、誠と話してる暇はない」

『それは心外だな。やっとネズミの尻尾を捕まえたっていう、まあまあ重要な報告なんだけどな』

それはおそらく、このところツキシマ海運のシステムに侵入を試みている輩だろう。

「悪いが――」

『ヤツの正体が掴めたぞ』

貴行にかまわず誠が続ける。

ころころとIPアドレスを変えてはツキシマ海運にハッキングしていたが、つい先日とうとう足がつき、貴行の伯母である智子の夫――弁護士を通じて警察にIPアドレスの開示を求めていたのだ。

「今、隣に弁護士大先生がいるんだ。貴行に連絡したけど出ないって、俺のアジトに来てくれたってわけ」

弁護士から連絡があったとは、まったく気づかなかった。

なにか掴めた際には、貴行と誠の両方に報告するようにお願いしていたのだ。だが、そうだとしても、今は陽奈子の所在のほうが重要だ。

「ちょっと待て、誠。陽奈子の行方がわからなくなったんだ」

今はそれどころではない。

『えっ、陽奈ちゃんが？　なら余計に重要な情報だと思うぞ』

「どういう意味だ」

『そいつはな』

誠からもたらされた報告が、貴行から言葉を奪った。


定時の六時で仕事を上がった陽奈子は、早紀の運転する車に乗っていた。店を出たところで偶然彼女に会い、早紀が貴行の待つ店まで送り届けてくれることになったのだ。普段は電車通勤だという早紀は、今日は気分転換に車で来たという。

このところ、常連の早紀とはすっかり打ち解け、彼女が来店すれば仲よく世間話をする間柄になっている。

「早紀さん、車を持ってるなんてすごいですね」

「あぁ、これはレンタカーよ。車に乗るのは好きなんだけど、維持費がかかるから、たまにこうして借りるの。明日は休みだから、そのままどこかへ行こうかなと思って」

それはとても賢い使い方だと陽奈子も思った。都会では駐車料金などの維持費もばかにならない。乗りたいときだけレンタルすれば、それで十分だろう。

「彼とおでかけですか？」

「……ううん」

「それじゃ、おひとりですか？」

陽奈子の質問に、早紀は真っすぐ向いたまま笑みを浮かべるだけだった。

しばらくすると、車がなぜか首都高の料金所を通過していく。

貴行に指定された店は、高速を使っていくような場所だろうか。不思議に思いつつ窓の外を眺め、早紀を見る。

「早紀さん、どうして高速に？」

「陽奈子さんに少し付き合ってもらおうかと思って」

「どこへですか？」

貴行の待つ店までの途中で用が済めば問題はないが。

「その話をする前に、陽奈子さん、スマホ貸してくれる？」

早紀は左手をハンドルから離し、陽奈子の前に手のひらを上にして差し出した。

早紀だって持っているだろうし、なにに使うのかわからないまま、素直にバッグから取り出したスマートフォンを早紀に手渡す。

「運転中は危ないですよ」

「わかってるわ」

早紀はそう答えて、運転席のドアポケットにそれを入れる。

「……あの、早紀さん？」

いったいなにをしようというのか。なぜ、陽奈子からスマートフォンを取り上げたのか。

「なかなかうまくいかなくてね。っていうか、全然歯が立たないの。悔しいから、ターゲットを陽奈子さんにしたわ」

なにを言っているのか、陽奈子にはさっぱりわからない。

うまくいかないとはなにか。ターゲットとはなんの話か。

「どういうことですか？」

陽奈子がまばたきを激しくさせて見つめると、早紀は横目で陽奈子を見てからクスッと笑みをこぼした。

「到着するまで少し時間があるから、ゆっくりお話しするわね」

「えっ？　あの……お店に送っていってくださるんじゃ……？」

「悪いけど、そのつもりは最初からない」

早紀の話している内容は、たしかに陽奈子の耳に入ってきているのに全然理解できず、頭の中でぐるぐると回るばかり。

早紀は、はなから陽奈子を貴行の待つ店に送るつもりはなかったという。それでは、なぜ陽奈子を車に乗せているのだろうか。

「陽奈子さんの旦那様って月島貴行よね？」

「えっ、あ、はい……」

早紀の口から貴行の名前が出てくるとは思いもしなかった。しかも、少し棘《とげ》のある言い方に聞こえる。陽奈子は夫の名前を彼女に話した記憶はない。

もしかしたら、彼氏から聞いたの？

早紀の恋人はツキシマ海運の社員。社長の妻がオーシャンズベリーカフェに勤めていることくらい、知っていてもおかしくはないのかもしれない。

「私ね以前、彼との結婚話があったの」

「えっ……？」

思いもよらない話をされ、陽奈子は頭が混乱する。

ふたりの間に結婚の話が……？

早紀の口から貴行の名前が出ただけでなく、過去、ふたりの間に縁談があったとは。

早紀が陽奈子に聞かせたのは、想像の遥か彼方をいく打ち明け話だった。

「彼のお父様が亡くなる以前の話よ。私の父は、ツキシマ海運の取引銀行の頭取だったの」

「〝だった〟？」

過去形だ。

「そうよ。過去の話。不正疑惑があがって失脚したわ。それと同時に、月島との縁談も白紙になったの。お見合いの直前よ。会わないまま終わったの」

重苦しい話題なのに、早紀は淡々としていた。

そういえばこの前、と思い出す。貴行の母、阿佐美とお茶をしたときにそんな話を聞いたではないか。陽奈子が、これまでに貴行と結婚の話が進んだ相手はいないのかと質問したときのことだ。銀行の頭取の娘との縁談があったと話していた。

それが早紀だったとは……。

「でもね、私、大学生のときから両親に『将来はツキシマ海運の令息との結婚が控えているんだぞ』と言われ続けていたの。実際に会ってはいなかったけど、経済関連の雑誌にたまに載っていたから、それを見て彼に恋したわ。未来の旦那様なんだって。それが突然白紙になるなんて、誰が思う?」

早紀は苦々しく言い、ハンドルをぎゅっと握りしめた。車がスピードを上げていき、次々とほかの車を追い越していく。センターラインがものすごい速さで流れた。

「早紀さんのお父様の不正は疑惑に終わったんですか?」

陽奈子の質問に早紀が首を横に振る。

「残念だけど実際にあったの」

早紀によれば、アパートなどの投資用不動産への資金を必要とするオーナーに対して、不適切な融資を行っていたという。その指示をしていたのが早紀の父親らしい。

「でも、ほかの役員たちにそそのかされたのよ。仕方なくだったの。それなのに……」

早紀が唇を噛みしめる。

「……そうだったんですね」

早紀の身に起きたのはとても不幸なことだと陽奈子も思う。将来結婚する相手だと言われ続け、ひそかに恋心をあたためてきた早紀にとって、胸をえぐられる想いだったのではないか。

「それなのにどうしてなの？　陽奈子さんのお父様の借金は肩代わりするっておかしくない？　それなら私とだって結婚できたはずでしょう？　借金はよくて、不正はダメなの？」

「それは……」

陽奈子たちが利害しかない政略結婚だと信じている早紀に、本当は違うのだと言うのはためらわれた。

「……でも、どうしてそんな話まで早紀さんが？」

陽奈子の夫の名前はまだしも、父親の借金を肩代わりした話をどうして早紀が知っているのかが不可解でならない。陽奈子自身は話していないのだから。その話も彼氏から聞いたのだろうか。

「ツキシマ海運を徹底的に調べ上げたのよ。彼の結婚相手が陽奈子さんだと知って、あなたに近づいたの」

「そんな……」

それでは、親しげに接してきたのは、このためだったというのか。あまりのショックに、陽奈子は言葉をなくす。悲しくて全身から力が抜けていく。

それからの早紀はだんまりを決め込み、口を閉ざした。スマートフォンを返してほしいと訴えても、静かに首を振って答える。

どこへ行くのか、なにをするつもりなのか、陽奈子には見当もつかない。ただわかっているのは、陽奈子と貴行の結婚に早紀がひどく傷ついている事実だけだった。

二時間ほど走り、車は森の中のコテージのような建物の前に停められた。真夏の午後八時。日は落ち、辺りはすっかり夜の闇の中にある。

約束した店に行かず、貴行は今頃心配しているだろう。車の中でも何度か着信音が鳴っていたから、きっと彼に違いない。

「ここ、うちの別荘なの」

〝元〟とはいえ都市銀の頭取にふさわしい所有物だ。

早紀にうながされて木製の階段を上がると、センサーライトが灯った。

バッグから鍵を取り出し、ドアを開ける。背中を押されて中に入ると、空気の淀みをほとんど感じない。普段から使われているように思われた。

廊下を真っすぐ進んだ先にリビングが現れる。隅に暖炉があり、切り株を加工して作った大きなテーブルと布地のソファが並んでいる。出窓には驚くほどたくさんのパソコンが置かれ、作業をするためか、その前に椅子もある。

早紀はそのうちのひとつのパソコンの電源を入れると、キーボードを打ち始めた。

……なにをしているんだろう。

陽奈子がその背中を見ていると、早紀が思いがけないことを言い放つ。

「休みの日にはね、ここでツキシマ海運のサーバーにアクセスしていたの」

「サーバーにアクセス？　……それは不正にですか？」

「あたり前じゃない」

目を白黒させる陽奈子に、早紀が笑い飛ばす。人格が変わったような、ケラケラと乾いた笑いだった。

つまり早紀はツキシマ海運にハッキング行為を行っていたのだ。

「父が失脚して結婚が白紙になって、家族はバラバラ。それなのにツキシマ海運はなにごともなかったかのようなんだもの。頭にきちゃうじゃない？」

明るい口調だからこそ、かえってネジが一本はずれたかのように見える。陽奈子の知っている早紀とは違った。

「だからね、なにかせずにはいられなかったの。私が傷ついたのを思い知らせたかったのよ」

早紀は今でも貴行を想っているのかもしれない。昇華しきれなかった気持ちを抱え、それが違う方向へ向いてしまった。

でも、早紀には彼氏がいる。ツキシマ海運で働き、オーシャンズベリーカフェで出会い、早紀にひと目惚れした彼氏が。

「彼氏がいらっしゃるんじゃ……？」

「いるわよ。ツキシマ海運に勤めている人なら誰でもよかったわ。社内の動向を知るために必要だったの。秘書室の人間ならもっとよかったんだけど」

「そんな……。それは彼に対して、あまりにも失礼です」

思わず反論する。誰でもよかったなんて言うものではない。早紀に恋していた彼がかわいそうだ。

「陽奈子さんには私の気持ちはわからないでしょうね」

「わかりません。結婚がダメになったのは同情しますが、その後はなにもかもわかりません」

あてつけのようにツキシマ海運にハッキングしたり、情報を得るために気持ちを偽って恋人をつくったり。まるで復讐のような行為は、褒められたものではない。

早紀は陽奈子の言葉に「やっぱりね」と鼻を鳴らした。

「コーヒーでも淹れるわ」

早紀がキッチンに向かう。その隙にスマートフォンを、と思ったが早紀に先回りをされて奪われた。

しばらくして戻った早紀は、ふたつのカップをテーブルに置く。

ソファを勧められて素直に応じ、早紀の向かいに座った。

「ハッキングも全然うまくいかないの。セキュリティをかいくぐっていい線までいくんだけど、あるところまで到達すると意味のない情報ばかり読まされて」

それはそうだろう。簡単に突破できたら大変な事態になる。

「あんまりグズグズしていると足がついちゃうから、私もそろそろ限界かなって。だからやり方を変えたの。陽奈子さんを連れ去るって形にね」

そこまで言ってから、早紀はコーヒーに口をつけた。

ターゲットを陽奈子にしたというのは、そういう意味だったのか。

「陽奈子さんもどうぞ」

「……ありがとうございます」

すんなりカップを手に取った陽奈子を、早紀が笑う。

「毒が入っているとか考えないの？」

「えっ……」

反射的にカップをテーブルに置く。毒だなんて、まったく頭になかった。

「ふふ。冗談よ。そんなものは入れてないわ。陽奈子さんって人を疑わないのね」

あっけらかんと笑い声を立て、早紀はソファの背もたれに体を預けた。

陽奈子だって、誰彼かまわずに信じているわけではない。単なる常連ではなく、早紀だからこそ信じたのだ。親密に話すようになったのはごく最近でも、早紀は信用に足る人間だったから。

陽奈子は出されたコーヒーにふうふうと息を吹きかけながら飲み干した。自分は早紀を信じていると、見せつけたかった。カップを置き、早紀を真っすぐ見つめる。

「早紀さん、帰りましょう」

「やだ、なに言ってるの？　今話したでしょう？　ターゲットを陽奈子さんに変えたって。月島貴行に思い知らせてやるのよ。私を侮辱したことを後悔させてやるの」

切実な陽奈子の訴えは、早紀には届かないようだった。笑みを封印し、強い視線で陽奈子を射抜く。

「……私をここへ連れてきて、いったいなにをするんですか？」

「そうね、なにをしようかしら」

小首をかしげ、どこか楽しそうに唇の端を上げる。そして、思い出し笑いをするようにクスッと笑った。

「今頃、テレビで大々的に報じられているんじゃないかしら」

「テレビで？　なにをですか？」

「私ね、ここへ来る前にマスコミにメールしたの。さっきも二通目を送ったわ」

さっきパソコンを使っていたのは、メールを送っていたのか。

「【ツキシマ海運の社長夫人を誘拐した】って。ふふふ」

早紀が楽しげに言う。

タガがはずれたような彼女を見て、陽奈子は思わず自分を抱きしめるようにした。どこか狂気じみた笑みに背筋がひんやりとする。

「早紀さんになんのメリットがあるんですか？」

わざわざ公表する意図がわからない。捕まえてくださいと言っているようなものではないのか。

「やだ、わからないの？　誘拐に発展するようなもめごとがツキシマ海運にあるって、日本全国に知らしめられるじゃない」

「……それが目的だったんですか」

早紀の考えは陽奈子の斜め上をいき、想像の範疇《はんちゅう》を軽く飛び越えていく。

「身代金を要求していないんだもの、恨みを買うような問題があったんだってね。マスコミはきっと、こぞってツキシマ海運を調べ上げるわよ。そして、悪評が次々と週刊誌やテレビでさらされる」

早紀は高らかに言うと、肩を揺らしてケタケタと笑った。

たしかにマスコミは食いつくかもしれない。大企業のネタを掴み、おもしろおかしく報道するだろう。でもそれでは、早紀の父親や早紀自身まで調べられ、利点はなにもないように感じる。過去を蒸し返され、早紀も嫌な思いをするのではないか。

唖然《あぜん》とする陽奈子を横目に早紀がテレビをつけると、静かだった部屋がにわかに騒がしくなる。早紀の言っていたようにどのチャンネルも予定を変更して、特別番組を組んでいた。

ツキシマ海運の本社前に立ったリポーターが、興奮を抑えきれないような様子でマイク片手にカメラに向かって盛んにしゃべっている。

『夫人は無事なのか。ツキシマ海運に、いったいなにが起きているのか』

そんな言葉で結び、報道センターへ主導権を返す。そういったやり取りの繰り返しだった。

「ほらね。大騒ぎになってるでしょ？」

早紀がおもしろがってチャンネルをころころ変える。しばらくそうしていた早紀は、それも飽きたのかテレビを消し、リビングを再び静寂が包み込んだ。

「早紀さん、こんなのやめましょう」

「はぁ？　ここまできてやめられるわけがないじゃない。今や、日本全国がツキシマ海運の悪事に興味津々なのよ？」

「でも、早紀さんがまた傷つきます」

調べていく過程で、マスコミはきっと早紀が花嫁候補だった過去にもたどり着くだろう。父親の不正問題も再び暴かれ、みんなの記憶をもう一度呼び覚ましてしまう。

陽奈子の言葉に、早紀の目が一瞬だけ揺らぐ。

こんな事態になっても、陽奈子は早紀を責める気持ちにはならなかった。

「……傷つかないわよ。もうとっくに心はボロボロなんだから」

ふんと鼻を鳴らし、ぷいと目を逸らす。

その様子がとても悲しげに見え、胸の奥がキリキリと痛んだ。

不意に立ち上がり、早紀が窓辺に行く。閉めきっていたカーテンを開けると、外は外灯ひとつない真っ暗闇だ。

「それにね、ここは簡単には見つからないわ。まず、私が陽奈子さんを連れ去ったとは思わないでしょうから」

「でもいつかは……」

「そうね、日本の警察もバカじゃないでしょうから、いつかは私にたどり着くかもしれない。でもそれでいいの。ツキシマ海運の悪評さえさらされればね」

達観したように早紀が言い放つ。破れかぶれには見えず、どこか覚悟をもってやっているように思えた。

ふと眠気を覚え、陽奈子の口から大きなあくびが出てくる。それも一回、二回ではなく、立て続けに。

「そろそろ効いてきたかしら」

「……なにがですか？」

「睡眠導入剤」

「えっ……」

さっき、毒は入れていないと言わなかったか。咄嗟に胸を押さえるが、そうしたところで薬を吐き出せるわけでもない。

「睡眠導入剤は毒じゃないでしょ？　私がいつも服用しているものよ。ちょっとの間、眠ってもらったほうがいいかなと思って」

「そんな……」

反論しようにも、体がみるみるうちに重くなっていく。なんとか意識を保とうと必死に目をこじ開け、睡魔と格闘する。

ここで眠るわけにはいかない。陽奈子がソファに手を突いて体を支えたときだった。ドーン！という物音とともに、大きな足音がこちらにやって来る。

「陽奈子！」

貴行の声がしたような気がした。でも、そんなはずはないとすぐに打ち消す。睡眠導入剤で、陽奈子の願望が幻聴となって現れたのではないか。

そう考えているそばから、もう一度「陽奈子！」と貴行の叫び声が聞こえた。

――まさか、嘘でしょ。

懸命に目を開き、リビングの入口を凝視する。

「ちょっとなんなの？　どうして⁉」

早紀が悲鳴にも似た声をあげた。

そして次の瞬間、信じられない姿が陽奈子の目線の先にあった。貴行だったのだ。玄関を蹴破って入ったのか、険しい表情で肩を上下させていた。

「陽奈子！　大丈夫か⁉」

意識が朦朧《もうろう》とする中、貴行が駆け寄る。いつもきちんとしているスーツは着崩れ、ネクタイもはずしている。

その腕にぎゅっとしがみつき、必死に「はい」と答えた。

「なんなのなんなのなんなのー!?」

頭を振り乱した早紀が、金切り声をあげる。

それと同時に、バタバタバタバタと上空を旋回するヘリコプターの音と、別荘を照らす強烈なサーチライトがカーテンを開け放った窓から差し込んだ。

「陽奈子、行くぞ。立てるか？」

貴行に聞かれてうなずいたものの、薬のせいで足を踏ん張れない。

「……睡眠導入剤を飲まされて」

見かねた貴行が軽々と陽奈子を抱き上げ、リビングを出ようとしたところで早紀が引き留める。

「ちょっと待ちなさいよ！　どうして!?　なんでこんなに早くここが……！」

「陽奈子を想う俺の執念だ」

「なっ、なによそれ！　愛のない結婚のくせに！　そんなの、不正や借金と似たり寄ったりじゃない！」

「愛がない？　それはずいぶんと間違った見解だな。俺は陽奈子を愛してるよ」

貴行がサラッと言い放った直後、リビングに特殊部隊のような格好をした人たちがなだれ込む。

「やっ！　やめなさいよ！　放して！」

取り押さえられた早紀の声を、遠くなりつつある意識の片隅で聞きながら、陽奈子は貴行に抱かれて外へ連れ出された。

別荘の前に止められた車の後部座席にそっと下ろされると、運転席から男が顔を覗かせる。誠だ。

「陽奈ちゃん、久しぶりだね。マルタ島ではどうも。元気にしてた？」

屈託のない笑顔で聞かれ、微笑み返して力尽きた陽奈子は、そのままスーッと意識をなくした。

ハネムーンは思い出の地へ

事件から一ヶ月半後――。

ホテルエステラのホールにピンと張りつめた空気が漂う。そこにはツキシマ海運の代表である貴行のほかに、日本の海運事業を代表する高円商船とモリ・ミラクルタンカーの二社のトップが顔を連ねていた。かねてより貴行が推し進めていた、定期コンテナ船事業の三社統合が結実。持株会社が設立され、その調印式が行われている。

一年以上をかけ、貴行が堅実に進めてきた一大事業が、本日ここに発足する。

なかなか首を縦に振らなかった両社に痺《しび》れを切らし、焦るツキシマ海運の取締役たちをなだめたのは貴行だった。双方の間に立ち、三社それぞれの意向をくんだ手腕は各方面から賞賛され、ツキシマ海運の名をよりいっそう轟かせている。

その統合により、船隊規模は一気に世界三位へと躍り出る。今後はアジア、北米、欧州、地中海、中東への寄港地を増やし、広範囲なネットワークを築いていく予定である。

調印式にはマスコミも招待され、広いホールにカメラがひしめく。そんな中であっても貴行の堂々とした振る舞いは健在であり、招待客たちの注目を一身に集めた。

ツキシマ海運の役員が進行を務める中、貴行をはじめ、それぞれのトップがいっせいに協定書にサインと押印を行っていく。

貴行は神妙な面持ちで書面にしっかりとした字でサインを終えると、両隣に座る社長たちとがっちりと握手を交わす。三人を写真に収めようとカメラマンたちがいっせいにフラッシュをたいた。

「月島社長、これからの日本の海運業を担うのは、あなたのような人だ」

「今後とも、その手腕で我々をけん引していってください」

ふたりの社長から多大なる期待を受けた貴行は、真剣な表情で力強くうなずいて答えたのだった。


陽奈子は、どこからか水の音が聞こえた気がした。

寝室のベッドで寝ていた陽奈子はしばらくまどろんでいたものの、無意識に手を伸ばしたところに貴行がいないと気づき、パッと目を開ける。やはり隣には貴行の姿がない。ベッドサイドの時計は、間もなく午前零時を迎えようとしていた。

体を起こしてベッドを下り、寝室を抜け出す。

仕事をしているのかと向かった書斎は真っ暗。リビングへ下りていくと、大きな掃き出しの窓の向こうにあるプールで人影が動くのが見えた。

窓を開け、素足のままデッキに下りる。全長二十メートルのプールは、下からのライトで青々と光っている。そこにはゆったりと泳ぐ貴行がいた。寝室で聞こえた水音は、ここから聞こえたようだ。

「貴行さん」

その呼びかけに反応して、貴行がクロールでプールサイドへやって来る。水から顔を上げ、濡れた髪をかき上げた。

「隣にいないからびっくりしちゃった」

「眠れないからひと泳ぎ。気持ちいいぞ」

言われてプールに手を伸ばすと、心地いい温度だ。

八月下旬。まだまだ暑い日は続いており、昼間の太陽で温められた水は、月の光を浴びてもまだ温度を下げずに揺らめいている。

「陽奈子もおいで」

伸ばしていた手を掴まれた陽奈子は、貴行に引っ張られてそのままドボンとプールに飛び込んだ。水しぶきが上がって、パジャマはもちろん髪の毛も顔も濡れる。

「貴行さん！　なにするんですか！」

「陽奈子と一緒に泳ぎたいと思ってね」

「だからって今じゃなくても……！」

燦々《さんさん》と日の照った昼間に水着ならまだしも、パジャマを着たままだし真夜中だ。

陽奈子の抗議も、貴行は素知らぬ顔。穏やかに微笑み、陽奈子の頬に張りついた髪を耳にかけた。

「細かいことは気にするな」

「でも、パジャマが濡れて気持ち悪い」

「それじゃ脱ごう」

言うが早いか、貴行はすばやく陽奈子のパジャマを脱がせにかかり、あっという間にプールサイドにポーンと放り投げた。

反射的に万歳をして脱ぎやすくした陽奈子もどうかと思うが、キャミソール一枚になって心許ない。しかも、濡れてスケスケだ。

恥ずかしくて咄嗟に胸を隠すように腕で自分を抱きしめる。

「俺だってこんな格好なんだから、気にする必要はない。それにふたりきりだ」

「そうですけど……！」

貴行はきちんと水着を着ているではないか。キャミソール一枚でびしょ濡れになっているほうが素っ裸より卑猥《ひわい》な感じがして、頬に血流が一気に集まる。

そのうえ、月の光に照らされた貴行はなんともいえずセクシーで……。

ひと筋はらりと額に落ちた髪からポタリと滴が落ちるたびに、陽奈子の胸が高鳴っていく。

「陽奈子、顔真っ赤」

ククと貴行が笑う。

「だってそれは！」

自分ひとりばかりが翻弄されていて悔しい。思わず貴行の胸を叩こうと出した手を取られ、不意打ちで唇を奪われた。チュッと強く吸って離れた貴行が、いたずらな笑みを浮かべる。

「貴行さん、ずるい」

「陽奈子のほうこそずるいぞ」

貴行に額をツンと弾かれた。

「なにがずるいんですか？」

それは心外だ。

「かわいすぎるから」

「なっ……」

ボンと音を立てて燃えるかのように顔がさらに赤くなる。

貴行はそんな陽奈子の反応をおもしろがるようにしてから、そっと引き寄せて抱きしめた。

「陽奈子、どこかにふたりで行こうか」

それは突然の誘いだった。

「事件も解決したし、少しゆっくりするのもいいんじゃないかと思ってね」

あの夜、思わぬスピードで陽奈子が助け出されたのは、貴行が陽奈子のバッグにつけておいた発信機のおかげだった。

度重なるハッキングの成果を上げられない犯人。そして、陽奈子の勤め先の店長が、海上事故で自殺した航海士の息子だという偶然。それらが貴行を警戒させる要因となった。

すぐに陽奈子の居場所を突き止め、月島の権力を使い特殊部隊を総動員して踏み込んだのだ。

あの後、ツキシマ海運はマスコミの注目を浴びて、痛くもない腹を探られるような事態に陥った。しかし、憶測も含めたスキャンダラスな内容が暴かれるタイミングで、貴行が大規模な事業を展開すると大々的に発表。それにより、あっという間に立ち消えとなった。貴行は常に周囲から注目され続けている人気者であったため、金目あてで事件に発展したのではないかと推測されるにとどまり、真実は報道されなかった。

また、陽奈子の父親の借金についても同様だ。いったんは報道されかけたものの、借金した本人は逃げ、ある意味被害者だったと世間の非難の対象が別の方向へそれていったのだ。

ただ、テレビや雑誌に頻繁に貴行の姿が出るため、周囲が貴行を〝企業をけん引するイケメン若社長〟ともてはやす。それは世間の女性たちの熱い視線を集めることにもつながり、陽奈子にとって悩ましい部分でもあった。

「早紀さんはどうなるんでしょうか」

貴行の腕がほどかれ、陽奈子がポツリとつぶやく。

「もちろん実刑が下されるだろ。誘拐は量刑が重いと言われているからな」

「……被害者の私が嘆願書を書いたら、少しは軽くできますか？」

事件には巻き込まれたが、どうしても早紀を憎む気持ちにはなれない。根本的に悪い人間ではないだろうから。

「だから陽奈子はお人よしって言われるんだ」

「――んっ」

貴行に鼻をつままれた。

「でも、早紀さんも被害者なんです。貴行さんへの想いを募らせて、こじらせて……」

「陽奈子は、俺が彼女と結婚していればよかったと言いたいのか？」

貴行が憮然とする。不満だと言わんばかりの表情だ。

「そうは言っていません」

「そう言ってるのと同じだ」

「違います。私はただ、早紀さんが気がかりなだけで……」

同じ人を愛した者同士だからか、気持ちがシンクロする。

これから早紀はどうなるのだろうか。

「ったく、陽奈子はほんとに……」

貴行はあきれ返ったようにため息を漏らした。

「まぁ、そこが陽奈子のいいところでもあるんだけど」

褒められているのか、けなされているのか。

貴行はもう一度陽奈子を抱き寄せた。

「嘆願書を書きたいなら書けばいい。弁護士経由で検察と裁判所に提出してもいいだろう」

「本当ですか⁉」

貴行からパッと離れ、その顔を見上げる。

すると貴行はしぶしぶといった様子でうなずいた。

「ありがとうございます！」

「なんかむかつく」

「なにがむかつくんですか？」

そう問いかけた直後、貴行が陽奈子をプールサイドへ抱き上げる。

陽奈子は透けて見える胸もとを両腕で隠し、貴行がプールから上がるのを眺めた。

「もう泳がないんですか？」

「泳ぐのは終わり」

そう言いながらもう一度陽奈子を抱き上げたかと思えば、プールサイドのカウチソファにそっと下ろした。

「中に入らないんですか？　シャワー浴びないと」

「その必要はない。陽奈子が余計なことを考えずに、俺から目を逸らせないようにしてやる」

言うなりソファに押し倒され、唇を塞がれた。

濡れたキャミソールの中に入ってきた貴行の指先が、素肌の上を意味ありげに動き回る。

こんなところでと思ったのは、ほんの数分。こらえきれずに甘い吐息を漏らすと、貴行は満足そうに口角を上げた。

「陽奈子、新婚旅行へ行こう」

唐突な提案が貴行の口から飛び出す。

「お預けにしてきただろ。いい機会だ。日本を離れるのもいい」

貴行の話題で騒がしい日本を飛び出して、のんびりと海外へ。

うれしい誘いに、陽奈子はキスで答えた。


三日後。陽奈子たちがマルタ島へ向けて、新東京国際空港の搭乗手続きを済ませたときだった。

「貴行！　陽奈子さん！」

遠くから呼ばれた名前に、貴行と揃って振り返る。そこには阿佐美と、どういうわけか智子の姿があった。

「母さん、どうしたんだよ。伯母さんまで」

「どうもこうもないでしょ。お見送りにきたのよ」

阿佐美のうしろで智子がもじもじとしている。らしくない姿だからこそ、そこに貴行と陽奈子の目線が集中する。

「ほら、お義姉様、陽奈子さんに話があったんでしょう?」

「や、やあね、やめてよ」

阿佐美に急かされ、智子はしどろもどろだ。

「伯母さん」

貴行に抑揚つけて名前を呼ばれ、智子がこそこそと阿佐美のうしろから出てきた。

「ひ、陽奈子さん、あのときはその……」

智子の言いたいことはわかる。おそらく病院へ付き添ったお礼なのだろう。でも、これまでの態度から素直に口にできずにいる。

「伯母様、いいんです。わかっていますから」

陽奈子の言葉が逆に智子を動かす。

「そういうわけにはいかないわ」

あまのじゃくなタイプらしい。

「助けていただいてありがとう。それと……今までひどいことを言って悪かったわ。ごめんなさい」

頭を下げた智子の肩を阿佐美が、労ってトントンとする。どこかバツが悪そうにしながら、智子は肩をすくめて微笑んだ。

「私もまだまだ至らない点がありますので、これからいろいろと教えてください」

「それなら任せてちょうだい。月島家のしきたりだとか、これからすべて手取り足取り教えてさしあげるわ」

意気揚々と胸を張る智子を見て、陽奈子たちは顔を見合わせて笑った。


四ヶ月ぶりのマルタ島は、以前と変わらないゆったりとした時間が流れ、空気に触れるだけで陽奈子を幸せな気持ちにさせる。それはきっと、ここで過ごした貴行との時間が楽しかったせいもあるだろう。

貴行と手をつなぎ、バレッタの街を歩く。道端に咲く花も行き交う人も、すべてがまぶしい。解放的な気分が、陽奈子の心を癒していく。

もう少し行けば、女性が指輪をなくして困っていた場所だ。

初めて会ったときも二度目の再会をしたときも、貴行の印象は最悪だった。それを思い出して陽奈子がクスッと笑うと、貴行は「なに」と顔を覗き込んだ。

「ううん。貴行さんとここで会ったときのことを思い出していました。口の悪い人だったなって」

「なんだと？」

つり上げた目は笑っている。

「陽奈子のほうこそ、ほんとバカみたいにお人よしでな」

「バカみたいはひどくないですか？」

「間違えてないだろ」

「あっ、ひどーい！」

不敵な笑みを浮かべる貴行に唇を尖らせていると、陽奈子たちに声をかけてきた人がいた。

《あら、あなたたち……！》

そちらを見れば、四ヶ月前にここで指輪をなくした女性、その人だった。

《マルタにいらしてたの？ 時間はない？ この前のお礼にお茶をご馳走したいわ。ね？ ぜひ！》

貴行とお互いに顔を見て、快くうなずく。
《それでは、お言葉に甘えて》
女性はうれしそうに陽奈子たちを自宅へ招き入れた。
開放感のあるリビングは、白を基調としたモダンなインテリアでまとめられている。
重厚さも感じさせる石の壁と太い梁《はり》の大空間だ。
赤い布製のソファァを勧められ、貴行と並んで腰を下ろす。
アマーリアと名乗った女性は、ダージリンティーを淹れてテーブルに置いた。
《あのときは本当に助かったわ。見つからなかったら、もう生きていけないところだったの》
アマーリアの夫は一昨年、病気で亡くなったという。その夫からのプレゼントが、あの指輪だったと。部屋の片隅には、その夫の写真が額に入れて飾られていた。
《見つかってよかったですね》
そんな話を聞くと、なおさらそう思う。
《でも、こちらこそあなたには感謝しているんです》
貴行の言葉に、陽奈子もアマーリアとともに彼を見る。
《あなたが指輪を落として困っていなかったら、私は陽奈子とこうしていなかったで

しょうから》

そう言われて、陽奈子はハッとした。

貴行の言う通りだ。アマーリアが指輪を捜していなかったら、陽奈子はそのまま素通りしていた。そうなると、貴行と二度目の再会はなかっただろう。

《僕たち、結婚したんです》

《まぁ！　なんてことなの！　おめでとう！》

アマーリアは両手を口もとに持っていき、驚きに目を見開いたかと思えば、手を叩いて祝福した。

《アマーリアさんとご主人のおかげです。ありがとうございました》

陽奈子がお礼を言うと、貴行は肩を抱き寄せ微笑んだ。

《信じられないわ！　私が恋のキューピッドだなんて！》

まさにそうだ。アマーリアが貴行と陽奈子を強く結びつけた。

《こうしてはいられないわ。今おいしいものを用意するわね》

まるで自分のことのようにはしゃぎながら、アマーリアはお手製のケーキを出し、ささやかなお祝いの会を開いてくれたのだった。

アマーリアの家でゆっくりと過ごしたふたりは、夕食を外で取ってからホテルへチェックインした。

セントジュリアンのホテルファビュラン。前回、ふたりが宿泊していたホテルだ。陽奈子たっての希望で、同じホテルを予約したのだ。ただし今回はロイヤルスイートルーム。貴行は前回もその部屋に宿泊していたそうだ。

「こんなに広い部屋をひとりで独占していたなんて」

興奮状態であちこちを見て回った陽奈子は、信じられない思いでいっぱいだ。庶民からしたら、贅《ぜい》の限りを尽くしている。

貴行は普段、御曹司っぽいところをそれほど感じさせないが、こういったところへ来ると、改めて違いを感じさせられる。

ふたつのベッドルームにリビングルーム、ダイニングエリア、そしてドレッシングルームからなる贅沢な空間が、陽奈子にため息を何度もつかせる。独立したリビングはモダンなインテリアでまとめられ、天井までの大きな窓の向こうには広いバルコニーがあった。

「こんなに素敵な部屋に泊まっているなら、春にマルタ島へ来たときにお邪魔しておけばよかった」

「『誘われればすぐにホイホイついていくような女じゃありません』とたんかを切ったのは、どこのどいつだ」

貴行にピンと軽く弾かれた額を両手で覆う。それを言われると、なにも言い返せない。陽奈子が唇を引き結んでいると、貴行はおもしろそうにククク と肩を揺らした。

大きな円形のバスタブにシャボンを含んだお湯をたっぷりと張る。そこに貴行と向かい合うようにしてつかった陽奈子は、全身を石のように硬くしていた。というのも、貴行と一緒にお風呂に入るのは初めてだったのだ。

押し黙ったままお湯に視線を落としていると、貴行から笑顔の気配がした。

「緊張してるのか？」

「……初めてだから恥ずかしい」

「そうは言うけど、陽奈子のすべてはもう知ってるけど？」

貴行は意地悪っぽく唇の端を持ち上げて陽奈子の顔を覗き込んだ。

「お願いですから、そう言わないでくださいっ」

淫らなシーンを思い出して、何十倍もの恥ずかしさに襲われる。

「ほら、こっちにおいで」

伸ばしてきた手に導かれるようにして貴行のほうへ移動した。

背後から抱き込まれるような体勢は、貴行に守られている感覚がして妙に落ち着く。それとは裏腹に、背中に胸板の逞しさを感じて鼓動が弾んだ。時折、濡れた髪や首筋にキスが落とされるから余計だ。

「貴行さん、いろいろとありがとうございます」

緊張と胸の高鳴りから逃れるためでもあるが、改めてそう告げる。

「唐突になに？」

クスッと笑った息が耳にかかり、背筋を甘い痺れが駆け抜けた。

「いえ、その……ですから、いろいろです。別荘に助けにきてくれたときとか」

「当然だろ。俺は、陽奈子のためならなんだってするよ」

あのとき、早紀に向かって言ってくれた言葉も、陽奈子にとっては大切なものだ。

『愛がない？　それはずいぶんと間違った見解だな。俺は陽奈子を愛してるよ』

愛してるという最上級の言葉は、後にも先にもそのときだけ。でも、朦朧としていく意識の中でそこだけはやけにクリアに記憶されている。

「私、貴行さんを誰よりも……ううん、貴行さんだけを愛してます」

なににも代えがたい人。それが貴行だ。衝撃的な出会いから四ヶ月。貴行が、こんなにも大切な人になるとは思いもしなかった。

「陽奈子……」

貴行が陽奈子の体を反転させる。すぐそばに貴行の顔があり、熱い視線が絡み合った。ゆっくり近づく唇。触れ合う直前、空気を振動させるように貴行がささやいた。

「陽奈子、愛してる」

うっとりするほど甘い声だった。

すぐに重なった唇から、熱い吐息が漏れてはバスルームに消えていく。

この愛は絶対に手放さない。

この先ずっと貴行と——。

祈りにも近い決意を胸に、陽奈子はキスの海に溺れていった。

END

特別書き下ろし番外編

一〇〇パーセントの想い

陽奈子たちが結婚してから間もなく十ヶ月が過ぎようとしている。

大企業を舞台にして起きた事件は、いっときマスコミの格好のネタにされたものの、人の興味は移り変わっていくもの。事件が起きた後に貴行が一大事業を立ち上げたため、若き社長の敏腕ぶりへと話題が一気に移ったのも大きな理由だろう。その事業も、すべり出しは好調である。

早紀の裁判が始まり、ツキシマ海運の顧問弁護士――智子の夫から聞いたところによると、間もなく判決が下され刑が確定するらしい。陽奈子が提出した嘆願書の効果で、通常よりは軽い量刑になりそうだとのこと。

平穏が戻り、陽奈子もごく普通の新婚生活を楽しんでいるところである。

『タブレットを忘れたから会社まで届けてくれないか』

そんな連絡が陽奈子に入ったのは、貴行を送り出してからひと息ついた午前十時を回った頃だった。スマートフォンを耳にあてたまま視線をさまよわせてすぐ、ソファのクッションの下敷きになったそれを見つけた。

「すぐに持っていきますね」

貴行は普段からタブレットでスケジュール管理などをしているため、なくては不便だろう。

今日、陽奈子はちょうど仕事が休み。帰りに夕食の買い物もしてこようと、支度をしてすぐに自宅を出た。

迎えの車を向かわせるからと貴行に言われたが、陽奈子はそれを断り電車を乗り継いでツキシマ海運へやって来た。

じつは陽奈子は、ここへ来るのが初めて。見上げると首が痛くなるほど高い本社ビルに入ると、あるだろうと思われた受付がない。

あれ？　どうしたらいいんだろう。

てっきり美しい受付嬢がいるエントランスを想像していたため戸惑う。貴行に電話をしようかとも思ったが、打ち合わせなどをしていたら邪魔になるだろう。

困ったな……。あ、あそこになにか書いてある。

落ち着いてよく観察すると、【受付は入口を入って左手にある電話で直接お願いします】と書かれた案内を見つけた。そちらを見てみると受付ブースが設けられており、電話が五台並んでいる。掲示されている内線番号一覧を人さし指で追いかけ、秘書課を探す。なにしろ日本を代表する大企業。たくさんの部署があるうえ、担当者の名前も相当数にのぼる。

「あ、あった」

貴行の秘書、高畠歩美の名前をようやく見つけ、つい声を漏らした。

記載されている番号を呼び出すと、すぐに歩美が応答。ここまで下りてきてくれるという。

歩美に会うのは初めてのため、どうしても緊張する。落ち着かない気持ちのまま所在なく立って待っていると、しばらくしてエレベーターから三十歳そこそこの女性が降りてきた。

かっちりとしたスーツ姿で、まとめたヘアスタイルも清潔感がある。凛《りん》とした仕草は、まさに秘書。涼しげな目もとは、いかにも頭が切れそうな感じだ。きっと彼女が貴行の秘書だろう。

「お待たせいたしました。月島社長の奥様でいらっしゃいますよね？」

ほかにも人がたくさんいるにもかかわらず、歩美は一直線に陽奈子のもとへやって来た。

どうして貴行の妻だとわかったのかと、不思議に思いつつ頭を下げる。

「はい、陽奈子と申します。いつも主人がお世話になっております」

「私は秘書の高畠歩美と申します」

歩美は丁寧にお辞儀をすると優しく微笑み、陽奈子に「こちらへどうぞ」とエレベーターのほうを手で指した。

「えっ……？」

この場で歩美にタブレットを渡して終わりだと思っていただけに、陽奈子は足を出せずに戸惑う。

「ただ今、社長は打ち合わせ中でございますが、お部屋にお通ししておくようにとのことでしたので」

「そう、でしたか」

にこやかな歩美に促されるようにして、陽奈子はエレベーターに乗り込んだ。インジケーターは止まることなく上層階を示していく。

会社へ来るのが初めてなら、もちろん社長室も初めて。まさかこんなタイミングで訪れるとは思いもしなかった。

社長専用の応接室へ通され、陽奈子は勧められたソファにちょこんと座った。

黒を基調とした部屋は、余計な装飾品のない機能的なインテリアでまとめられている。場違いな気がしてならないのは、歩美がきちんとしたスーツ姿のせいもあるし、社長専用の応接室という堅苦しいイメージのせいもあるだろう。一応オフィスカジュアル的な服装をしてきたが、背筋が伸びる思いだ。

大きな窓の向こうに見える高層ビル群と、ぽっかり浮かぶ雲を手持ち無沙汰に眺めていると、歩美がトレーにお茶をのせて戻ってきた。

「お待たせして申し訳ありません。社長はもう間もなくいらっしゃると思いますので」

テーブルにお茶を置き、部屋を出ていこうとする歩美を呼び止める。

「あの、すみません」

「はい、なにか……?」

トレーを片手にしながら、歩美が小首をかしげる。

「先ほど下の受付で、ほかにもたくさんの方がいらしたのに、私のことがすぐにおわかりになったようでしたが……」

陽奈子が尋ねると、歩美は華やかな笑顔を見せた。

「それはですね……。ちょっとお待ちくださいませ」

意味深に笑いながら、歩美は出入口とは別のドアのほうへ足を向けた。

貴行の執務室だろうか。そちらへ入り、写真立てを手にした歩美がすぐに出てくる。

「これです」

手渡されたそれを見ると、そこに収められていたのは思いもよらない写真。マルタ島の青の洞門で、現地ガイドに半ば無理やり貴行と撮影されたものだったのだ。

爽やかな笑顔を浮かべる貴行の隣で、ぎこちない表情の陽奈子。それが、なぜかここにある。

あのとき、データを消せずに残しておいたが、プリントせずにそのままになっていたはず。

いったいいつの間に？

陽奈子自身は、この写真の存在も頭から抜けていた。

「このお写真を見ていたので、すぐにわかりました。社長、これをとても大切にされているんですよ」

「……これを？」

「ええ」

思いがけない事実を歩美から聞き、陽奈子は目を丸くする。

「デスクに飾ってあるんですけど、たまに手に取って眺めたりして。そのときの社長の顔といったら……」

思い出し笑いか、歩美はクスッと笑った。

知り合ってから、間もなく一年。お互いのことは知り尽くしたと思っていたが、そうでもないらしい。

自宅には結婚式の写真や新婚旅行の写真を飾っているものの、その中には出会ったときのものは一枚もない。

いつも冷静沈着で物事に動じない貴行が、ハプニングで撮ったも同然の写真をこっそり飾るような、乙女チックな一面があるとは思わなかった。しかも大切にしているとは。

歩美の打ち明け話に胸がほんわか温かくなる。

「仲がよろしくて、うらやましいです」

「ありがとうございます」

陽奈子がくすぐったい気持ちで照れながらお礼を言ったちょうどそのとき、部屋のドアが開けられる。貴行だった。

「ごめん、陽奈子。お待たせ」

「いえ、忙しいでしょうからすぐに帰ろうと思ったんだけど」

「せっかくここまで来てもらったのに、陽奈子の顔も見ずに帰すわけにはいかない」

歩美がいるのもおかまいなしに言った貴行は、そこでふと陽奈子が手にしている写真立てに気づいた。

「それ……」

「あ、これは」

陽奈子が答えるのを待たずに貴行がそれを取り上げる。

「高畠さんの仕業？」

小首をかしげていたずらっぽい目で歩美を見た。怒っている様子はないが、歩美が責められるのではないかとヒヤヒヤしてしまう。

「すみません。でも、とてもいいお写真ですよね」

歩美が動じないところを見ると、陽奈子の心配は無用のようだ。

貴行はどこかバツが悪そうに咳払いをしながらも、まんざらでもなさそうに鼻の下をこすった。

「ところで社長、今度開催される歓迎レセプションのお話は奥様にされましたか？」

「いや。ちょうど今夜話をしようと考えていたところだ」

ふたりの視線が陽奈子に向けられる。

歓迎レセプション？　なにかパーティーでもあるのかな。

陽奈子も貴行と歩美を交互に見た。

「今週末、取引先を招いたパーティーが開かれるんだ。そこに陽奈子も同伴してもらおうと思ってね」

貴行によると、原油をはじめとした主要な海外の取引企業を招いて行われるとても大切なものだという。

「わかりました」

貴行の役に立てるのなら迷う必要はない。陽奈子は快くうなずいた。

「陽奈子、この後は？」

「とくにはないけど、帰りに夕食の買い物でもしていこうかと」

「それなら車を出すから、運転手に頼んで回ってもらうといい」

「車なんて平気だからっ」

わざわざ送ってもらうつもりはない。

陽奈子は首をぶんぶん横に振る。

「いいから乗って帰って。本当なら俺が送っていきたいところだけど、この後も予定が詰まっていてね」

「それはもう本当に全然。車も出さなくていいですから」

「だーめ。そうはいかない」

陽奈子がいくら遠慮しても、貴行も譲る気配がまるでない。延々と押し問答になりそうだったので、陽奈子が折れる以外になかった。

「じゃ、気をつけて帰るんだぞ。それから届けてくれてありがとう」

「はい。貴行さんもお仕事がんばってくださいね」

歩美を気にすることなく、貴行は立ち上がった陽奈子を軽く抱きしめて送り出した。


その週末、陽奈子は貴行に連れられ、歓迎レセプションが行われるホテルへやって来た。

先日、貴行の会社にタブレットを届けた際、歩美に『着物でいらしてください』とお願いされたため、陽奈子は成人式以来、六年ぶりに和服を着ている。

なんでも今日は、中東の石油原油会社を多く招いているそうで、着物姿が喜ばれるとの話だった。

陽奈子の着物は、光沢を帯びた明るいサーモンオレンジの地に色とりどりの霞《かすみ》を配し、垣根に覗く菊花や花を配した美しい訪問着。はんなりと優しい趣と愛らしさあふれる華やかな色柄で、上品にあしらわれた金彩《きんだみ》が晴れやかな印象を際立たせている。

人間国宝がデザインした最高級品だ。

貴行に『ものすごくきれいだ』と褒められたため、着物の窮屈さも忘れてしまう。

そんな貴行も、白シャツ以外、艶のあるライトグレーで揃えたスリーピースのスーツを着て、スタイリッシュなうえにいつにも増して美しい。

ホテルのエントランスには招待客らしき民族衣装のカンドゥーラを着た人がちらほらといて、陽奈子は一気に背筋が伸びる思いがする。

「なんか緊張しちゃうな」

海外から来た大事な取引先だと聞いているからなおさらだ。

じつは陽奈子は、こういった場は初めて。以前にも一度、業界関係者が集まるパーティーがあったが、直前に体調を崩して行けずじまいだった。

「大丈夫。リラックスしていこう。きれいな陽奈子をみんなに見せびらかしたいから、俺のそばから離れないで」

人目をはばからずに陽奈子の肩を引き寄せ、耳もとで優しくささやく。

そんなふうに言われると、うれしさ以上に恥ずかしくなる。陽奈子は頬を赤く染めてはにかんだ。

日が暮れ始めた午後五時。

パーティー会場となるホテルの中庭はライトアップされ、幻想的な空間となっている。噴水から流れ出た水は、スポットライトをあてられた人口の川をゆっくりと流れ、イルミネーションで彩られた池へと注がれている。すでにたくさんの人たちがグラスを片手に歓談を楽しんでいた。

会場に足を踏み入れてすぐ、貴行のもとに人が集まり始める。どの人もそれなりの地位の人だとわかるオーラに満ちあふれ、陽奈子はつい圧倒されてしまう。怖気づいているのがバレないように取り澄まして会釈を返すものの、鼓動はかなりの速さだ。

貴行の隣で頭を上げ下げしていると、不意に彼らが陽奈子に注目した。

「月島社長、もしやご令室ですか？」

「ええ。そうなんです」

貴行の目配せを受けて、「陽奈子と申します」と微笑む。

「いつも主人がお世話になっております」

優雅な笑顔を浮かべているつもりだが、唇の端はほんの少し引きつった。

「これはまた美しい」

「うらやましいですな、月島社長」

口々に褒めるが、それはきっと着物の効果に違いない。なにしろ人間国宝がデザインしたものなのだから。

「自慢の妻なんです」

貴行まで褒めなくてもいいのにと思ってスーツのジャケットをツンと引っ張ったが、本人はまるで気づく様子がない。

一気にみんなの視線が集まり、陽奈子は困惑するばかりだった。

その輪を抜けて貴行が陽奈子をエスコートしたのは、真っ白なカンドゥーラを着た集団だった。その中でひときわ人の目を引く大柄な男性が、貴行を見て大きく両腕を広げる。外国の人は見た目では年齢がわかりづらいが、貴行よりずっと年配だろう。貴金属を体中に着け、いかにも富豪といった風情だ。

《ミスターツキシマ！》

大きな声で名前を呼んだかと思えば、満面の笑みで貴行と抱擁を交わした。

《ジブリール社長、本日は遠いところお越しくださいましてありがとうございます》

《なにを言ってるんだ。ツキシマ社長に呼ばれたら、来ないわけにはいかないからね。今日は息子も連れてきているんだが……ったく、アイツはどこへ行ったんだ》

ジブリールは周りをざっと見回したが、その姿は近くにはないようだ。

《お見かけした際にはご挨拶させていただきます》

《そうしてくれるとありがたいよ。おっと、こちらはもしかして奥さんかい？》
丁寧に対応する貴行と対照的に、ジブリールが軽い口調で眉を上下させる。
貴行は陽奈子に「石油会社の社長だよ」とささやいた。
つまりツキシマ海運にとって、とても大切なお客様になる。粗相があってはならないと、陽奈子はいっそう気を引き締める。
《陽奈子と申します》
静々と頭を下げると、ジブリールはその顔をさらにパッと明るくさせた。
《いやぁ、やはり着物を着た女性はすばらしい！　最高に美しい！》
《ありがとうございます》
ここでも着物の効果は絶大。オーバーとも思える褒め言葉だったが、陽奈子は素直にお礼を返した。
《こんなにきれいな女性が奥さんだとは、ツキシマ社長もなかなかやるじゃないか》
《お褒めにあずかり光栄です》
ジブリールの取り巻きたちが着物姿の陽奈子を写真に収めようと、デジカメを向ける。さすがにそれにはどうしたらいいのかわからず、陽奈子は控えめにうつむいた。
「月島社長、そろそろお願いいたします」

ツキシマ海運の社員と思われる男性が貴行に静かに近づき、こっそり耳打ちをする。ここへ来るまでの車中で見せてもらった進行表に、貴行の代表挨拶の予定が書かれていたから、おそらくそれだろう。

ジブリールに《またのちほど》と挨拶をし、呼びにきたツキシマの社員の後を追う。その先には一段高くなった小さなステージがあり、マイクスタンドが立てられていた。

「陽奈子はここで待っていて」

ステージまで数メートルのところで貴行が陽奈子から離れる。司会者のアナウンスで貴行がマイクスタンドの前に立つと、会場から拍手が沸き起こった。

《ご紹介に預かりました、ツキシマ海運の月島貴行です。世界各国からこの場にお集まりくださった皆様に、まずは感謝申し上げます》

貴行はそこでひとまず頭を深く下げた。

《世界の海運情勢は一定の回復はしたものの、いまだ厳しい状況が続いており、燃料油に対しての規制強化などコスト増が避けられない状況でもあります。ですが、先の海運企業三社による事業統合により国際的な競争力を得たツキシマ海運は、二〇二三年度までの三年間を「飛躍への再生」期間と位置づけ、さらに突き進んでまいる所存です》

落ち着き払いながらも熱のこもった英語でのスピーチに、会場内の誰もが聞き入る。
仕事中の貴行を見るのが初めての陽奈子は、少し離れたところからその凛々しい姿を熱く見つめる。自分の夫でありながら、あまりにも素敵すぎて胸を躍らせた。
《わわっ》
不意に陽奈子のうしろから、おどけたような声がして振り向く。すると、中東の若い男性が飲み物をこぼしてしまったようで、慌ててカンドゥーラを手で拭っていた。
陽奈子がすかさずバッグからハンカチを取り出し、その彼に手渡す。
《大丈夫ですか？　よかったら、これをお使いください》
《悪いね。ありがとう》
言いながら男性は目をまたたかせ、陽奈子を頭から爪先までさっと見る。
《キミ、かわいいなぁ。よかったら、あっちで少し話さない？》
《ごめんなさい。ここを離れられないんです》
いきなり誘われ、うろたえながら首を横に振る。
貴行から離れるわけにはいかないのだ。
《なんで。そう言わずにほら》
突然手を掴まれた陽奈子は、男性に無理やり引っ張られた。

《あの、お待ちくださいっ》
足を踏ん張るものの、全然歯が立たない。
男はご機嫌な様子で通りすがりにドリンクスタッフからワインをもらい、噴水のほうへ足を進める。そのそばのベンチまで行くと、そこへ陽奈子を座らせた。
《俺はアメル。キミは？》
名乗るのを一瞬ためらったが、貴行の大切な取引相手のひとりでは無視するわけにもいかない。
《陽奈子です》
《着物がよく似合ってる。ここへ来てから着物姿の女性を何人か見かけたけど、ヒナコがダントツだよ》
《……ありがとうございます》
アメルは笑みをこぼし白い歯を見せた。
どうしたものかと貴行を見るが、彼はまだスピーチ中。ここはツキシマ海運の社長の妻として、立派に接待しなくては。
陽奈子は顎をぐっと引き、やけにフレンドリーなアメルを真摯なまなざしで見た。
《ヒナコは英語が上手だね》

《そう言っていただけて光栄です》
好きが高じて習った英会話が、将来こんなふうに役立つとは考えもしていなかった。貴行のためになるのなら、なによりもうれしい。
《日本の女性は話しかけても、たいてい愛想笑いで逃げちゃうんだ。ヒナコみたいに会話ができると、すごくうれしいよ》
アメルは屈託のない笑みでニコニコと笑った。
しゃべる相手がいなくて退屈していたといったところか。それならば、迎える側の陽奈子もきちんと応対しなくてはならない。
《アメルさんもやはり石油関係の会社にお勤めなんですか？》
《うーん、勤めているっていうか、父親が経営していて、ゆくゆくはそこを継ぐって感じ。あ、ほら、あそこにいるのが俺の父だよ》
アメルの手につられて目を向けると、その先には先ほど貴行と親しげな様子で話したジブリールの姿があった。
あの人がお父様……。それなら余計に粗相があってはならない。
陽奈子は緊張を隠して穏やかな顔をして《そうなんですね》とアメルにうなずいた。
《だから、どう？　ヒナコなら俺の第一夫人にしてあげてもいいよ》

《はい？》
《俺のところにお嫁に来ない？》
いきなりのプロポーズに目が点になる。
第一夫人ということは、彼の国は一夫多妻が認められている国らしい。
《いえ、ごめんなさい》
《なんでー？　いいじゃん。ヒナコが思うままに贅沢させてあげられるよ？　家だって豪邸を丸ごと一軒プレゼントする。あ、なんなら油田をあげてもいい》
豪邸を丸ごと一軒？　油田？
話がとんでもない方向へ向かっていく。
《ごめんなさい。私、結婚しているんです》
《それなら別れればいいよ。今の旦那より絶対俺のほうがいいって！》
《誰よりお前のほうがいいって？　アメル》
突然人影が差したかと思えば、それは貴行だった。眉尻を上げ、不機嫌な顔でアメルを見下ろす。いつの間にかスピーチが終わっていたようだ。
《タカユキ⁉》
アメルは驚いて目を真ん丸に見開いた。

どうやらふたりは顔見知りらしい。
《俺の妻にちょっかいを出すとはいい度胸だ》
《なに、タカユキの奥さんだったのかよ》
《そうだ。陽奈子は俺の妻。妙なことをしていたんじゃないだろうな》
アメルも立ち上がり、貴行とにらみ合うような体勢になった。
「ちょっと待って貴行さん、違うの」
陽奈子は急いで立ち上がり、慌てて仲介に入る。大事な取引先と仲たがいさせるわけにはいかない。
《タカユキがそんな態度をとるなら、ツキシマ海運との取引はやめようって親父に言うぞ》
なんとアメルが脅しにかかる。そんなことをされてはたまらないが、陽奈子はどうしたらいいのかもわからない。
《ああいいだろう。たったひとりの妻と取引と、どっちが大切かは一目瞭然だ》
「た、貴行さん……！」
妻としてうれしい言葉には違いないが、そんなことで本当に取引が中止になったら大変だ。社長の妻として冷静に振る舞い場を収めたいが、陽奈子はふたりを前におろおろするばかり。
さらに険悪なムードになりそうなそのとき。
《こら！　アメル！　こんな場でツキシマ社長になんて無礼な！》
彼の父、ジブリールだった。
穏やかな表情を険しくさせ、アメルの頭にげんこつが落とされる。
《いってー！　なんだよ親父！》
《なんだよじゃない！　お前も少しはツキシマ社長を見習って、もっとしゃんとしろ！》
頭を押さえて情けない顔をするアメルに、ジブリールは強硬姿勢を崩さない。
《ツキシマ社長、悪く思わないでくれ。アメルの教育は、これからもっと厳しくするつもりだ》
《私のほうこそ、つい熱くなってしまい申し訳ありませんでした》
冷静さを取り戻した貴行が軽く頭を下げると、ジブリールは猫の首根っこを掴むようにアメルの服を引っ張る。
《ほら行くぞ。ったく、しょうのない息子だ》
アメルは、ジブリールに引きずられるようにして陽奈子たちから離れていった。

「スピーチが終わったら陽奈子がいないから驚いたじゃないか」

貴行が不満そうに眉根を寄せる。

「彼から少し話をしようと言われて……。ごめんなさい」

「……いや、陽奈子も俺を思って相手していたんだろう？」

軽くため息をついてから、貴行は思いなおしたように優しく問いかけた。

「もっと上手にできればいいんだけど……」

なにしろ初めての社交場。気持ちばかりが先走り、思うようにはなかなかいかない。

「でも、うれしかったです。勢いで言ったのはわかっていますけど」

取引よりも陽奈子が大事だとアメルにきっぱりと言いきってもらえたのは、ハラハラする反面、胸の奥が熱くなった。

「勢いじゃない。あれは本気だ。陽奈子より大事なものなんてないから」

貴行の目は冗談で言っているようには見えない。取引中止も辞さない構えだったと知り、胸の奥がきゅっと詰まる感覚がした。

「……ありがとうございます。貴行さんのその気持ちに応えられるよう、私ももっと社長夫人らしくなりますね」

「陽奈子はそのままでいい」

強い決意を口にする陽奈子に、貴行の優しいまなざしが注がれる。貴行は陽奈子の手を取り、指をそっと絡めた。

「あのー、おふたりだけの世界に入っていらっしゃるところ、大変申し訳ありませんが……」

恐る恐るといった具合に声をかけてきたのは、秘書の歩美である。歩美の言うように、うっかり今の状況を忘れるところだった。ドキッとしながら貴行の隣に控え、陽奈子は恥ずかしさから頬を染める。

「ご挨拶をしたいとおっしゃる方が多数お待ちになっております」

歩美の視線につられて見てみれば、そこには今か今かと貴行を待つ人たちが列をつくって待っていた。

さらに決まりが悪くなる陽奈子の隣で、貴行は動じる様子もない。

「陽奈子、行こうか」

陽奈子の腰に手を添え、ゆっくりと足を踏み出した。

約三時間の歓迎レセプションを終え、招待客たちを送り出した貴行と陽奈子はエントランスにつけられた車の後部座席に揃って乗り込んだ。

「疲れただろ」

シートに深くもたれ、貴行が陽奈子の肩を引き寄せる。

「それが、それほどでもないんです」

初の公の場というだけあり、気分が高揚しているせいなのか。今は不思議と疲れを感じない。それは、貴行から思いがけなく熱い想いを聞いたためでもあるだろう。

「貴行さんはお疲れですよね」

次から次へと要人と挨拶を交わし、ビジネスの会話を繰り広げる。頭はもちろん、気も使っただろう。

「陽奈子が一緒だったから全然」

「なんだか私、滋養強壮に効くドリンクみたいですね」

「ハハッ。たしかにそうだな。そのうえかわいいとくれば最強だ」

貴行がそう言ってくれるのだ。自信を持って彼の隣にいよう。

頬をさらりとなでた貴行の手を取り、陽奈子は「ありがとう」と指を絡めた。

「陽奈子と出会って、もうすぐ一年だな」

不意に貴行がしみじみとつぶやく。

ふたりが出会った四月まで、あと少し。濃厚な一年だったから、振り返ればあっという間だ。

「あ、そういえば！　あの写真！」

貴行の社長室にあったマルタ島の写真である。歓迎レセプションの準備などで忙しかったため、ずっと聞きそびれていたのだ。

「写真？」

シートの背もたれから体を起こし、陽奈子は首をかしげた貴行に向きなおる。

「青の洞門でガイドに撮ってもらった写真です。あれ、いつの間にプリントしたんですか？」

貴行はほんの少しだけ目を泳がせた。

「結婚してすぐ」

「全然気づきませんでした。でも、なにもあの写真じゃなくてもいいのに」

「どうして。いい写真だ」

貴行の笑顔がばっちりなのは間違いない。問題は陽奈子のほうだ。

「私の顔がぎこちなさすぎます」

「そこがいいんじゃないか。いかにも照れてるところがぐっとくる」

その好みは今ひとつわからない。

「ほかの写真にしませんか？」

「だーめ」

「もっといい写真があるのに」

ウエディングドレス姿だとか、新婚旅行で行ったマルタ島だとか。そっちのほうが、よっぽど自然だ。

「いいんだ。俺はあの写真の陽奈子がいい」

「……そうですか？」

そこまで言われると、これ以上強気には出られない。そうしてこっそり自分の写真を飾ってくれていたのは、陽奈子にとってみればうれしいことに違いないから。

「でも、貴行さんにそんな一面があるなんて知らなかった」

「そんな一面って？」

「乙女チックなところ。ふふ」

「誰が乙女チックだ」

ニコニコ笑いながらからかうと、貴行に頬を軽くつねられた。

「じゃあ乙女チックついでに、もうひとつ教えよう」

なにを教えてくれるのかと、貴行の顔をじっと見つめる。

「じつは方向音痴じゃない」

「……え？」

「青の洞門」

そのひと言で記憶がよみがえる。貴行はたしかに、方向音痴だから青の洞門に一緒に行ってほしいと言っていた。

「あれ、嘘だったんですか？」

目を見開く陽奈子に貴行がクククッと笑う。

「どうして？」

「陽奈子と一緒に行きたかったからに決まってるだろ」

「んっ……！」

今度は鼻をつままれた。

「ほんと陽奈子は……」

そう言って再び肩を揺らして笑う。

「騙されやすいって言いたいんですか？」

頬を膨らませて貴行を軽くにらんだ。

「違う。かわいいなって」

不意打ちで唇が重なる。チュッと優しく吸って離れた貴行の目が、三日月のようになった。

「だけど、信じるのは俺だけにしておけよ？」

頬に手を添え、間近で陽奈子を見つめる。

「そんなの……あたり前です。貴行さんしか見えていないですから」

ほかに目が向きようもないのだ。貴行以外には誰にも。

この世に絶対はないと聞くが、彼に対する想いだけは絶対的なもの。一〇〇パーセントぶれようがない。

「よし、いい子だ」

優しく笑った貴行の目が熱を帯び、再び唇が触れ合った。


【特別書き下ろし番外編】一〇〇パーセントの想い　END

あとがき

このたびは本作をお手に取っていただき、誠にありがとうございます。この作品は、紙書籍では記念すべき十冊目になります。デビューから三年半と少し。とても感慨深いものがあります。

海外での出会いから始まるラブストーリーを書きたい。そう考えたときに真っ先に思いついたのがマルタ島でした。ロマンチックな場所で思い浮かぶのがヨーロッパだったのです。ただ、訪れたのは一度きり。ガイドブックを見ながら、そして記憶をたどりながらの執筆でした。

じつは、冒頭の帽子を飛ばされるシーンは私が経験したものでもあります。風にふわりと乗った帽子が石畳を飛ばされていく。作中では、それを拾い上げたのがヒーローの貴行でしたが、実際は白髪のおじいさまでした。あのときに貴行のような男性との出会いがあったら……。いえ、あったとしてもなにも起こらなかったでしょうが……。

今回の作品を書いていて、またマルタ島へ行きたくなりました。きっと以前とは違った感覚で景色を見られるはず。パスポートの期限が切れているので、まずはそれからですね。

ご担当いただいた編集の森様、煮詰まった私にお忙しいにもかかわらず的確なアドバイスをしてくださり、大変助かりました。そして佐々木様、いつも私の意図をくんだご提案や修正案をくださり、そういうことを言いたかったんです！とパソコンに話しかけています。また、私のわがままな依頼にもかかわらず期待以上に美麗なイラストを描いてくださった千影透子様、そのほか、関わってくださった皆様のおかげで、素敵な書籍が完成いたしました。本当にありがとうございます。

最後になりますが、読んでくださった皆様、いつも感謝の気持ちでいっぱいです。読者の皆様のおかげで書き続けていられると言ってもいいくらいです。この場をお借りして、心からお礼申し上げます。また次の機会にお目にかかれることを楽しみにしております。本当にありがとうございました。

紅《くれない》カオル

紅カオル先生への
ファンレターのあて先

〒104-0031
東京都中央区京橋 1-3-1
八重洲口大栄ビル７F
スターツ出版株式会社　書籍編集部　気付

紅カオル先生

本書へのご意見をお聞かせください

お買い上げいただき、ありがとうございます。
今後の編集の参考にさせていただきますので、
アンケートにお答えいただければ幸いです。

下記 URL または QR コードから
アンケートページへお入りください。
https://www.berrys-cafe.jp/static/etc/bb

極上御曹司は契約妻が愛おしくてたまらない

2019年12月10日　初版第1刷発行

著　者　紅カオル
©Kaoru Kurenai 2019

発行人　菊地修一

デザイン　hive & co.,ltd.

校　正　株式会社 文字工房燦光

編集協力　佐々木かづ

発行所　スターツ出版株式会社
〒104-0031
東京都中央区京橋1-3-1　八重洲口大栄ビル7F
TEL　出版マーケティンググループ　03-6202-0386
(ご注文等に関するお問い合わせ)
URL　https://starts-pub.jp/

印刷所　大日本印刷株式会社

Printed in Japan

乱丁・落丁などの不良品はお取替えいたします。
上記出版マーケティンググループまでお問い合わせください。
定価はカバーに記載されています。

ISBN 978-4-8137-0811-7　C0193

ベリーズ文庫 2019年12月発売

『不本意ですが、エリート官僚の許嫁になりました』 砂川雨路《すながわあめみち》・著

財務省勤めの翠と豪は、幼い頃に決められた許嫁の関係。仕事ができ、クールで俺様な豪をライバル視している翠は、本当は彼に惹かれているのに素直になれない。豪もまた、そんな翠に意地悪な態度をとってしまうが、翠の無自覚なウブさに独占欲を煽られて…。「俺のことだけ見ろよ」と甘く囁かれた翠は…!?

ISBN 978-4-8137-0808-7／定価：本体640円＋税

『独占溺愛～クールな社長に求愛されています～』 ひらび久美《くみ》・著

突然、恋も仕事も失った詩穂。大学の起業コンペでライバルだった蓮斗と再会し、彼が社長を務めるIT企業に再就職する。ある日、元カレが復縁を無理やり迫ってきたところ、蓮斗が「自分は詩穂の婚約者」と爆弾発言。場を収めるための嘘かと思えば、「友達でいるのはもう限界なんだ」と甘いキスをしてきて…。

ISBN 978-4-8137-0809-4／定価：本体650円＋税

『かりそめ夫婦のはずが、溺甘な新婚生活が始まりました』 田崎《たさき》くるみ・著

新卒で秘書として働く小毬は、幼馴染みの将生と夫婦になることに。しかし、これは恋愛の末の幸せな結婚ではなく、形だけの「政略結婚」だった。いつも小毬にイジワルばかりの将生と冷たい新婚生活が始まると思いきや、ご飯を作ってくれたり、プレゼントを用意してくれたり、驚くほど甘々で…!?

ISBN 978-4-8137-0810-0／定価：本体670円＋税

『極上御曹司は契約妻が愛おしくてたまらない』 紅《くれない》カオル・著

お人好しOLの陽奈子はマルタ島を旅行中、イケメンだけど毒舌な貴行と出会い、淡い恋心を抱くが連絡先も聞けずに帰国。そんなある日、傾いた実家の事業を救うため陽奈子が大手海運会社の社長と政略結婚させられることに。そして顔合わせ当日、現れたのはなんとあの毒舌社長・貴行だった！

ISBN 978-4-8137-0811-7／定価：本体650円＋税

『【極上旦那様シリーズ】俺のそばにいろよ～御曹司と溺甘な政略結婚～』 若菜《わかな》モモ・著

パリに留学中の心春は、親に無理やり政略結婚をさせられることに。お相手の御曹司・柊吾とは以前パリで会ったことがあり、印象は最悪。断るつもりが「俺と契約結婚しないか？」と持ち掛けてきた柊吾。ぎくしゃくした結婚生活になるかと思いきや、柊吾は心春を甘く溺愛し始めて…!?

ISBN 978-4-8137-0812-4／定価：本体670円＋税

タイトル、価格等は変更になることがございますのでご了承ください。

ベリーズ文庫 2019年12月発売

『明治禁断身ごもり婚～駆け落ち懐妊秘夜～』　佐倉伊織《さくらいおり》・著

子爵令嬢の八重は、暴漢から助けてもらったことをきっかけに警視庁のエリート・黒木と恋仲に。ある日、八重に格上貴族との縁談が決まり、ふたりは駆け落ちし結ばれる。しかし警察に見つかり、八重は家に連れ戻されてしまう。ところが翌月、妊娠が発覚!?　八重はひとりで産み、育てる覚悟をするけれど…。

ISBN 978-4-8137-0813-1／定価：本体650円＋税

『破滅エンドまっしぐらの悪役令嬢に転生したので、おいしいご飯を作って暮らします』　和泉《いずみ》あや・著

絶望的なフラれ方をして、川に落ち死亡した料理好きＯＬの莉亜。目が覚めるとプレイしていた乙女ゲームの悪役令嬢・アーシェリアスに転生していた!?　このままでは破滅ルートまっしぐらであることを悟ったアーシェリアスは、破滅フラグを回避するため、亡き母が話していた幻の食材を探す旅に出るが…!?

ISBN 978-4-8137-0814-8／定価：本体640円＋税

『異世界にトリップしたら、黒獣王の専属菓子職人になりました』　白石《しらいし》まと・著

和菓子職人のメグミは、突然家族ごと異世界にトリップ！　異世界で病気を患う母のために、メグミは王宮菓子職人として国王・コンラートに仕えることに。コンラートは「黒獣王」として人々を震撼させているが、実は甘いものが大好きなスイーツ男子！　メグミが作る和菓子は、彼の胃袋を鷲掴みして…!?

ISBN 978-4-8137-0815-5／定価：本体650円＋税

ベリーズ文庫 2020年1月発売予定

Now Printing

『【極上旦那様シリーズ】綾香お嬢様は愛されたい　政略結婚なんてお断りですわ』　滝井《たきい》みらん・著

箱入り令嬢の綾香は、大企業の御曹司・蒼士との政略結婚が決まっていた。腹黒な彼との結婚を拒む綾香に、蒼士は『君に恋人が出来たら婚約を破棄してあげる』と不敵に宣言！　ところが、許婚の特権とばかりに彼のスキンシップはエスカレート。未来の旦那様のイジワルな溺愛に、綾香は翻弄されっぱなしで…!?

ISBN 978-4-8137-0822-3／予価600円＋税

Now Printing

『ブルーブラック』　宇佐木《うさぎ》・著

OLの百合香は、打ち上げの翌朝、記憶がない状態でメモを見つける。それは家まで送ってくれたらしい、クールで苦手な上司・智の筆跡だった。彼への迷惑を詫びると「きみを送り届けた報酬をもらう」と、突然のキス！　それ以降、ふたりきりになるとイジワルに迫る智に翻弄されつつ、独占愛に溺れていき…!?

ISBN 978-4-8137-0823-0／予価600円＋税

Now Printing

『策士な御曹司は新米秘書を手放さない』　円山《まるやま》ひより・著

受付嬢の澪は突然、エリート副社長・九重遥の専属秘書に任命される。さらには彼につきまとう女性たちを追い払うため、同居する恋人役も引き受ける羽目に!?　対外的には物腰柔らかな王子、中身は傲慢な遥に反発しつつ、時折見せる優しさに心揺れる澪。ある晩、遥が「俺を男として意識しろ」と甘く迫り…。

ISBN 978-4-8137-0824-7／予価600円＋税

Now Printing

『懐妊ラブ』　兎山《とやま》もなか・著

秘書の綾乃は、敏腕社長の名久井から「何でも欲しいものをやる」と言われ、思わず「子供が欲しいです」と口走ってしまう。ずっと綾乃を想っていた名久井は、それを恋の告白だと受け取り、ふたりは一夜を共に…。そして後日、綾乃の妊娠が発覚！　父親になると張り切る名久井に、綾乃はタジタジで…。

ISBN 978-4-8137-0825-4／予価600円＋税

Now Printing

『極上CEOの真剣求愛包囲網』　水守《みずもり》恵《え》蓮《れん》・著

CEO秘書の唯は、恋愛に奥手で超真面目な性格。若くして会社を大成功させたイケメンCEOの錦は女性にモテモテだが、あの手この手で唯を口説いてくる。冗談だと思っていたが、ある日落ち込んでいる唯に対し、いつもとは違う真剣モードで「俺にしておけよ」と迫る錦に、唯は思わず心ときめいて…!?

ISBN 978-4-8137-0826-1／予価600円＋税

タイトル、価格等は変更になることがございますのでご了承ください。

電子書籍限定

恋にはいろんな色がある。

マカロン文庫 大人気発売中!

通勤中やお休み前のちょっとした時間に楽しめる電子書籍レーベル『マカロン文庫』より、毎月続々と新刊発売中! 大好きな人に溺愛されるようなハッピーな恋から、なにげない日常に幸せを感じるほのぼのした恋、届かない想いに胸が苦しくなる切ない恋まで、そのときの気分にピッタリな恋が見つかるはず。

[話題の人気作品]

強引ドクターが大人の色気たっぷりに迫ってきて!?

『【極上求愛シリーズ】強引ドクターは熱い独占愛を隠し持つ』
西ナナヲ・著 定価:本体400円+税

エリート弁護士に身も心も染められていき…

『エリート弁護士の甘すぎる愛執【華麗なる溺愛シリーズ】』
惣領莉沙・著 定価:本体400円+税

クールな同期の独占欲に火をつけてしまい…!?

『エリート同期は一途な独占欲を抑えきれない』
pinori・著 定価:本体400円+税

一夜のあやまちから始まる、焦れキュンオフィスラブ!

『冷徹部長の溺愛の餌食になりました』
夏雪なつめ・著 定価:本体400円+税

各電子書店で販売中

電子書店パピレス honto amazonkindle
BookLive! Rakuten kobo どこでも読書

詳しくは、ベリーズカフェをチェック!

小説サイト Berry's Cafe
http://www.berrys-cafe.jp

マカロン文庫編集部のTwitterをフォローしよう
@Macaron_edit 毎月の新刊情報をつぶやきます♪

小説サイト
Berry's Cafeの人気作品がボイスドラマ化！
豪華声優陣が出演!!
溺愛ボイスドラマ×ベリーズ男子
俺様すぎる強引社長
CV:増田俊樹
『キミは許婚』
by 春奈真実
とことん溺甘！グイグイ秘書室室長
CV:梅原裕一郎
『秘書室室長がグイグイ迫ってきます！』by 佐倉伊織
隠れドS!? 溺愛系御曹司
CV:石川界人
『副社長は溺愛御曹司』
by 西ナナヲ
1話はすべて完全無料！
App Store からダウンロード
Google Play で手に入れよう
アプリストアまたはウェブブラウザで
ベリーズ男子
検索
【全話購入特典】
・特別ボイスドラマ
・ベリーズカフェで読める書き下ろしアフターストーリー
最新情報は公式サイトをチェック！
※AppleおよびAppleロゴは米国その他の国で登録されたApple Inc.の商標です。App StoreはApple Inc.のサービスマークです。※Google PlayおよびGoogle Playロゴは、Google LLCの商標です。